黄永玉

作品

EX-LIBRIS

见笑集

黄永玉————

著

作家出版社

人生桂上

你摘就是

二〇二一年七月十六日　写於北京太

阳城，再过一个把月，就九十八了。

黄永玉 用

序

鸟会唱歌，

鱼会大鱼吃小鱼，

只有人会做诗。

做诗是种权利，也是良心话，

怪不得诗国诗人之多呀！

序

黄永玉

鸟会唱歌，

鱼会大鱼吃小鱼，

只有人会做（作）诗。

做（作）诗是种权利，也是良心话，

怪不得法国诗人艾侣霞（雅）说：

『心在树上

你摘就是！』

二〇二一年七月十六日写于北京太阳城，

再过个把月，就九十八了。

目录

1980

1947

风车和我的瞌睡

大风车滑溜溜转
　　　　　滑溜溜转
　　　　　很快活地
将小河水捧到嘴边
吻了一下
又急忙忙地
　　　交托给土地

小风车咕噜噜转
　　　　　咕噜噜转
斗气而又兴奋地
舞动那六片白色小翅膀
不让小麻雀儿
　　　　小斑鸠和知更雀

不让那些淘气的孩子们

到这儿来胡闹

这些都是为了长满

　　　　毛豆荚、番茄

　　　　小菜瓜的土地而设想的

为了毛豆荚

大风车转着转着

小风车转着转着

为了番茄和小菜瓜

大风车和小风车都快活地

　　转起来了

要甘美的水来滋养它们

要淘气的坏孩子不来吵闹它们

啊！我顶中意这全是

太阳的八月天气了

我顶中意这长满瓜果的肥田了

我顶中意在舞动着白色的

大小风车的蓝天底下睡觉了

我要和毛豆荚、

　　　　　番茄、

　　　　　　小菜瓜们做伴

我伸个从头到脚的懒腰

宣布马上就要在这里躺下

泥土亲切地呼唤我

"喂

睡去

睡去

......"

我睡了

我仿佛听到

采果实的姑娘们从田坎上走来

金蛉子和纺织娘合奏出大乐章

1947 年 8 月 5 日

（原载《诗创造》第三辑《骷髅舞》，1947 年 9 月）

1951

无名街[1]报告书（寓言诗）

无名街，

光荣的名字，

胜利的标志，

代表最富于战斗的一面！

代表战斗得最顽强的一面！

二百六十万颗心

因为你那

战斗的光芒

　　　才觉得自己骄傲地存在。

你是红色旗帜上的星，

第一颗星！

[1] "无名街"实际是香港的电车总站"罗素街"。

无名街的高处
　　悬着铁牌，
铁牌上
　　染满新的、旧的，
　　鲜红的和瘀黑的
　　血！
　　血的边沿
　　留下丑恶的痕迹——
　　　　左边，
　　一万记黑色棍棒的敲打；
　　　　右边，
　　可耻的催泪弹毒液。
这是块历经多次风暴的铁牌，
高挂在
　　光荣的无名街上。
它的存在，
肯定了

二百六十万人的信念。

无名街是都市的心脏，
铁轨像大动脉
　　　从这儿伸延出去，
十六个小时间
循环流动。

天亮了，汽笛鸣放，
都市苏醒，
几十万粗手粗脚的人，
几十万睡眠不足的人，
几十万不知早点在哪里的
　　　亲娘和孩儿，
像细胞，
顺着这道血管，
到各自谋生的地方

去繁荣这座都市。

夜雾笼罩，汽笛鸣放！
都市打着哈欠，
两百多万疲倦的细胞
　　枯萎的细胞
又顺着这道血管，
回到那最原始的洞穴里去……

无名街是心脏！
大动脉从这里伸延出去，
从东到西循环流动，
　　满载着繁荣都市的细胞。

没有细胞，
生命便会死亡。
没有无名街，

城市便会麻痹。

你可曾见过一对眼睛，

　　　　比这对眼睛更失神的？

你可曾见过一只手，

比递给你票子的手

　　　　更枯干？

你可曾见过一副疲乏的身躯，

摇晃得如此厉害？

你可曾见过那位

　　　　背着个憩睡的孩子

　　　　牵着个啼哭的孩子的妈妈，

坐在你身边，

等待那摇晃的丈夫来吃饭？

有什么比这更痛苦和更动人的？

热闹的节日，

红的，

绿的，

糖果广告和气球。

播音机送出

《甜蜜的家》。

那一千几百个中的一个，

从这些声音和颜色的夹缝里

疾驰而过，

"当！当！当！"

他像是什么也没有听见、看见。

你几时在街上见到

　　　他跟妻儿"行街"的影子？

从轮子底下发出——

"三块三毫七"

"两块八毫一"

"一块二毫二"日薪。

——吸血者的声音。

他们脸上也出现——

营养不良的绿皮肤

和

睡眠不足的灰调子。

大动脉繁荣都市,

繁荣了

吸血者的肚皮,

另一面,

繁荣了

一千几百个

以及无数一千几百个的

胃溃疡和肺结核。

吸血者对那些人念念有词地说:

"一个月,

一年,

一辈子的

　　　生活指数，

　　　　　即

　　　头菜，

　　　咸鱼，

　　　豆腐若干块!

对你们

这已经够了!"

无数的声音回答:

　"现在的豆腐，

跟过去的豆腐

价钱虽然一样，先生!

质量却大有分别!

你不要欺瞒三岁小孩!"

吸血者说:

　"我的手指着你，

对你说话，

你们应该满足，

我已经施舍得太多！"

一千几百个声音回答：

"不够！

不够！

我的孩子没书念，

孩子要吃饭，

还要付房租钱。

简直不如吃一份半粮的监狱里的囚犯！"

吸血者听了胆战心惊，

大家凑在一起

打算盘，

决定选一个黄道吉日，

先在那一千几百个

"多事者"头上

套上三十一个圈圈，

让他们透不过气，

无法动弹。

饥饿的和饥饿的团结一道，

一千几百个，

和无数一千几百个

结成

一条战线。

时间，

一秒秒地缩短，

弓弦扣紧的时候

也不让和平溜过。

在巴黎，

在开城，

在这里——无名街，

代表全世界最多人的地方，

都跟魔鬼们谈判。

魔鬼到夜里才出现，
白天不敢露脸！
此刻，
正和他的门徒犹大，

　　卖今日 × 国的狗，

　　在希特勒的墓地旁边

　　为自己挖掘坟墓。
他们怕太阳，
怕光，
也怕谈判。
"别！别扰我，
我忙，我办公，
我没有空闲。"

耶稣说：

"天国近了……"

无名街回答：

"他们不会悔改！"

魔鬼听着！

我们

这一千几百人，以及

无数倍一千几百人，

站在这里对你说话！

我们

不是没有笑的！

我们笑在心里！

我们

不是没有容光焕发的日子的，

我们把欢喜

　　　掩藏起来。

我们

站在这里鄙视你！

你这魔鬼的门徒！
鄙视你，
从一切的角度
鄙视你，
我们就要放开喉咙大笑，
那就是你们快要来临的
　　哭泣的日子。

1951 年 12 月 30 日

（原载香港《文汇报》，1952 年 1 月 15 日）

记得是为香港电车工人大罢工而写

2021 年 7 月补记

1952

一定再见

最勇敢的人，
最前的人，
最亲的同志，
再见！
你，
不等于你自己，
不等于单位数，
不等于被放逐的人，
你，
等于大家，
等于我们，
伟大的二百六十万。
我们不笑，
也不流泪，

和你告别！

重重地说一声，

再见！

一定再见！

我们站在黎明的窗前，

站在码头，

站在开动的车子上，

站在开动的马达旁边，

站在用我们双手砌成的高楼底下，

站在用我们双手铺成的马路上面，

站在船头，

站在长街上，

骑楼上，

山上，

站在一切站牢的地方，

像满山遍野怒放的春花，

四方八面，

我们，

向你挥动手臂，

大声向你高呼再见！

一定再见！

我最亲的人，

勇敢的人！

我们瞧着你，

用发光的眼睛盯住你，

朝这条小路上过去。

你有力的脚步蹬得地面发响，

从挂刺的铁丝网上踩过去，

大踏步地过去，

挺着胸膛过去！

我们瞧着你过去，

我们，

这二百六十万颗心簇拥着你过去，

你走前一步，

再前一步!

你过去了,

你站定了!

你回过头来,

你满身洒满金色的阳光,

你笑了!

喝!

同志!

笑得好啊!

最勇敢的人,

最前的人,

最亲的同志!

我亲眼瞧见你吻着土地!

我亲眼瞧见无数的人拥抱你,

拥抱你,

前哨下来的人。

拥抱你,

像我们大家互相拥抱！

最勇敢的人，

最前的人，

最亲的同志！

1952 年 1 月 11 日

（原载香港《文汇报》，1952 年 1 月 22 日）

送别被港英政府无理驱逐出境的

电影界活动人士八个人，其中包括司马文森同志。

2021 年 7 月补记

1962

和幽灵的对话

幽灵：我，我姓……

　我：请不要客气，

　　　我早已知道你的大名。

幽灵：来找你，是想打听

　　　　人间对我的反映。

　我：你总是对自己那么关心，

　　　连在天堂也忙个不停……

幽灵：对不起，好像你提到

　　　　天堂这个名称，

　　　难道你以为

　　　　　我在那里居停？

　我：记得你在人世时曾经说过，死后

　　　要到那里会见老马和老恩。

幽灵：你这个小资产阶级知识分子，

我早有过定论，

看问题未免总是太天真。

我创作了进天堂的这点迷信，

只不过是搅乱众人的眼睛。

我： 那么，你进入了地狱之门？

幽灵： 从一个战斗者角度看来，

是这种命运，

我在人间创造的奇迹，

应受到这种反应。

原以为我的到来

会引起巨大的欢迎。

我： 欢迎？

幽灵： 是的，欢迎。

有如陷阱欢迎狼的光临。

地狱的门缝里

我震慑火海喷出的烈焰，

油锅的沸腾。

我：请原谅，我的一句话
　　　可能对你不尊敬，
　　就你的声誉、心计和手段，
　　我记得你从来没有害怕过
　　　任何人。

幽灵：不要忘记，只有幽灵才不说谎，
　　我在人间每一次的豪言壮语背后，
　　都隐藏着一万个胆战心惊……
　　　……

我：那么，在地狱你承认了
　　惩罚的公正？

幽灵：不，不，
　　他们把机会给了别人。

我：……
　　为什么？为什么？
　　这真是一个天大的疑问，
　　地狱宽恕你这个幽灵？

幽灵: 地狱的总管做了决定,

说是我这个人太有野心,

万一我在那里出点花样搞政变,

让他们丢掉饭碗哪里安身?

我: 喔!你这可怜的、连地狱

也不容的孤魂,

那么,你暂时住在一个

什么饭店,

或是,在太空成为一颗

流落的星星?

幽灵: 不!不!我怎么会

仅仅是颗星星?

你的愚蠢的记性,

忘记了人间对我的崇敬,

纵然天堂和地狱都为我

关上大门,

像人间的文艺职业一样,

　　　　我是个至高无上的、专业的、神圣
　　　　的魂。

我：你可能忘记了你是被告，
　　法律程序的礼貌虽然尊重你
　　　　的身份。

幽灵：什么礼貌不礼貌？
　　　对你们可笑的礼貌，
　　　　　我采取最大的宽怀和容忍。

我：看样子你的火气并没有
　　逃脱你的年龄。

幽灵：当然，谦虚和自大怎么能够离婚？

我：如果你不嫌麻烦我重新提问，
　　请告诉我"神圣"和"凡人"
　　　　的区分。

幽灵：玩笑是玩笑，
　　　理论到底还是理论，
　　　我怀疑你这小子不老实，

想诓我掉进一个设好的泥坑。

对凡人我从未失掉尊敬，

从早到晚几乎是口口声声，

没有凡人哪儿来的神圣？

没有神圣，

凡人有如失掉命根。

我：你用什么胶水把两样东西

　　粘合得这么紧？

幽灵：恰恰相反，你这个傻蛋根本没有将

　　　　目的和手段弄清。

　　　　我使双方打得难解难分

　　　　自己成为调停的公正天平。

我：你常常为了一个目的

　　暴露了你的手段，

　　这种本领怎么能算高明？

幽灵：故意的暴露明显

　　　　增加威信。

我：残酷威信的持久性，

　　我要打个疑问。

幽灵：看来启蒙运动的理论

　　　　你中毒可不轻，

　　　什么残酷和善良

　　　　　到底几个钱一斤？

　　　人最大的美德是健忘症，

　　　懂得运用

　　　　　便转败为赢。

我：历史并没有听从你的命令，

　　它按自己的脾气旋转自己的车轮。

幽灵：历史！历史！这艘笨重的奴隶船，

　　　我要它动它就动！

　　　要它停就停！

我：好像你一直在为篡改历史费神。

幽灵：哪里话？我就是历史！

　　　　历史就是我的脚印。

我：问题在于你常犯逻辑的毛病，

犹如蚂蚁站在地球上，

它说正驾驭地球运行。

你说你创造了规律，

你说你发明了发明。

你说你是你

　　　师父的师父，

你说你是你

　　　恩人的恩人。

你说丑恶是美，

你说虐杀是最大的善心，

你欣赏年青的血和

老人的泪，

你仇恨花朵和青春……

幽灵：你说的比唱的还好听，

如果我不马上挽救你，

明天你很可能变成诗人。

……

人世上最大的娱乐是个人的任性，
花朵和文化总时时令人烦心！

我： 你年轻时起就已经厌恶花朵和文化？

幽灵： 难道你真的相信

我以及所有的人会改变本性？

不吃素的恶鬼有一天

忽然不再吃荤？

这一点再不说你也会信，

灌溉着忌惮怎么肯与花朵为邻？

至于文化，它明显地污染历史，

尤其还有那些文化人。

他们脑子充满不驯，

炼狱和风暴使他们变成

金刚不烂之身。

鞭子底下他们曾匍匐爬行，

镣铐锒铛消磨了他们

　　　　半辈子光阴，

　　　　尽管残废、疾病和衰老，

　　　　孱弱的躯壳里

　　　　　　仍然一副最最最顽固的花

　　　　　　岗岩脑筋。

　　我：难道你忘记那常用的法宝，

　　　　为什么不祭起你"收买"的本领？

幽灵：不成！不成！

　　　　这玩意儿前几年

　　　　　　就已经不时兴，

　　　　收买这行为本身像酵母，

　　　　一接过手的人马上发酸变废品，

　　　　他也像拍卖行买来的旧床垫子，

　　　　他好像妓女早就失去了童贞，

　　　　虽然和狗一样四周摇着尾巴，

　　　　却失掉了狗的敏锐的本领。

　　　　……

......

我： 看起来你那么孤独，

世界对你几乎满布仇恨，

难道你忘记了家庭的馨温？

幽灵： 啊哈！

要不是你目光的诚恳，

我就会怀疑有意找我挑衅。

我的情况，

你用不着装成一个糊涂人，

莫非全世界都明白的事，

只有你一个人闹不清？

要明白权力买得下，

词典中包罗的大部分，

因此，冷漠的情欲，

可以用权力加温成为火辣的爱情。

我： 你指的是……

幽灵： 好小子，瞧你狡猾的眼神……

我：别生气，别怀疑我真的愚蠢。

　　刚才我的提问……

　　有关你那神圣的家庭……

幽灵：伪装聪明和伪装愚蠢

　　　　同出一个模型

　　对你们小家伙我总得

　　　　句句小心

　　……

　　……

　　如果说我曾经有一个

　　叫做家庭的东西，

　　那不过只是我生活实体的

　　　　一个幻影，

　　我生活得非常抽象，

　　即使是千百人次短暂的

　　　　烟雾般的婚姻。

我：我不明白你说的是什么。

幽灵：道可道，非常道；

　　　　名可名，非常名。

　　　　家家都有一部

　　　　难念的经，

　　　　我是一个朦胧的父亲。

　　我：再具体一点，行不行？

幽灵：我常常装着不经意地

　　　　在一个人的手背上

　　　　盖上我的掌心。

　　我：这深奥得有如大乘。

幽灵：不如说它更像

　　　　　　兰陵金瓶。

　　我：我想改个话题

　　　　　　以免发闷。

幽灵：谈这些内容

　　　　　　我的对手的确太过年青。

　　我：……愿不愿意说说

你的圣经。

幽灵：我从未研究过版本。

　我：我指的是你的宏论。

幽灵：如果宏论作者

　　　　　真正是我，

　　　那可是天理良心。

　我：尊作足足厚达五寸。

　　　明明白白是个辛勤的结晶，

　　　何必谦虚不肯承认？

幽灵：活着的人崇拜权力，

　　　死掉以后历史揍他的

　　　　　　丰臀。

　我：难道说这不属于

　　　　　你的才能？

幽灵：我承认以我的名义，

　　　也承认以我的脾气，

　　　在其中

掺了点浪漫的幻想，

间或，也骂一点人，

权力糅合几句粗话，

文章显得更有精神。

文学形式是流，

偷窃和夺取是本。

我：哪样是你的脏品？

幽灵：是血和生命，

是千万格杀的感情，

我是作了一番归纳。

1968

悼念活着的亡友

我那么痛苦
    那么失望
    一支欢乐的歌变成诅咒的歌。

真诚变成阴霾暗暗下落，
怎能把拥抱变成肉搏？

可记得没有鸡鸣的长夜，
    无底的深渊和泪河？

你当年孤独的存在
接通了我的脉搏
游丝般的火苗
点燃我胸中一生诚挚的烈火。

为什么今天连自己也拿不起?
起来! 睁着双眼,
让我们有朝一日重塑命运,
　　　　　重整生活。

1970

老婆呀，不要哭
——寄自农场的情诗

诗，是农场三年劳动所作。带着包袱进行改造如吞丸药以浓茶送服，虽明知"医之道大矣！"积习却中和了药性，病是治不好的。

这首诗是夜间弓在被窝里照着电筒写的。怪不得同志们惊讶我每星期换两节电池，或许真以为我每晚都去偷鸡摸狗。

那时候家人心情懊丧，日子太长了！展望前途如雾里观河，空得澎湃。启用几十年前尘封的爱情回忆来作点鼓舞和慰藉，虽明知排场、心胸太小，却祈望它真是能济事的。

在童年时代，

我有一间小房和

一张小床，

跟一个明亮的小窗。

从窗口

我望见长满绿树和鲜草的"棘园"，

还有青苔和虎耳装点的别人家的屋顶；

远处花边般的城墙，

城外是闪光而嬉闹的河流，

更远处，无际的带雾的蓝山。

我早晚常俯览窗外，

从窗口第一次认识世界。

我看云，

我听城墙上传来的苗人吹出的笛音，

我听黎明时分满城的鸡鸣，

我听日出后远处喧嚣的市声，

还有古庙角楼上的风铃。

我读着云写的诗篇，

我看龙女赶着羊群走过窗前，

看众神

　　　裸露闪光的巨身，

　　　沉湎于他们

　　　狂欢的晚宴，

还有

执法的摩西坐在神圣的殿堂，

　　　闪电是他的眼色，

　　　霹雷是他的宣判，

伴随着狂风暴雨的愤怒，

在威严地处理众神的悲欢。

夜色来临，

孤独、衰老的月亮，

在林莽边沿散步，

古往的忧伤压弯了他的腰背，

无穷的哲理把他的热情熬干，

到今天，只剩下一点点智慧的幽光，

在有限的时间点缀

　　　寂寞的晚年。

早晨，

在稔熟的草丛里，

我发现一颗颗晶莹的泪珠，

唉！我才知道，

连年老的月亮也会哭泣！

如今，

我已太久地离开那座

　　　连空气也是绿色的、滋润的"棘园"，

那一小块开满小黄花和小紫花，

飞舞着野蜂和粉蝶的王国，

离开那厮守过多少晴天和雨天的小窗。

我迈着小小的

　　十二岁男人的脚步，

在一个轻率的早晨，

离开那永远宠爱我的

　　微笑着的故里。

漫长的道路连着漫长的道路，

无休的明天接着另一个明天，

我曾在多少个窗子中生活过，

我珍惜地拾掇往日微笑着的一切，

多少窗户带领我走向思想的天涯。

曾经有这样一个秋天，

这是一个隆重的秋天，

一个为十八岁少年特别开放的、

　　飞舞着灿烂红叶的秋天，

你，这个褐色皮肤、

大眼睛的女孩
向我的窗户走来。
我们在孩提时代的梦中早就相识，
我们是洪荒时代
　　在太空互相寻找的星星，
我们相爱已经十万年。
我们传递着汤姆·索亚式的
　　严肃的书信，
我们热烈地重复伊甸园一对痴人的傻话，
我们在田野和丛林里追逐，
我们假装着生气而又认真和好，
我们手挽手在大街上走，
　　红着脸却一点也不害羞。
你这个高明的厨师，
　　宽容地吞下我第一次为你
　　做出的辣椒煮鱼，
这样腥气的鱼，你居然说"好！"

我以丰富的贫穷和粗鲁的忠实

　　　来接待你，

却连称赞一声你的美丽也不会。

我们的小屋一开始就那么黑暗，

却在小屋中摸索着未来和明亮的天堂，

我们用温暖的舌头舐着哀愁，

我用粗糙的大手紧握你柔弱的手，

战胜了多少无谓的忧伤。

你的微笑像故乡三月的小窗和"棘园"，

使我战胜了年轻的离别，

　　　去勇敢地攻克阿波罗的城堡，

你的歌，使我生命的翅膀生出虹彩，

　　　你深远的眼睛驯服我来自山乡的野性。

岁月往复，

我们已习惯于波希米亚式的漂泊，

我们永远欢歌破落美丽的天堂，
对于那已经古老的
钻石般的夜城装点的小窗的怀念，
对于窗前的木瓜树和井泉的怀念，
那海、那山、那些优雅的云和雾，
　　那六月的黄昏和四月的苦雨……
是我们快乐地创造的支柱啊！

许多个蓝色的夜晚，
我开始在木质的田野上耕耘，
我的汗滴在这块无垠的、
　　深情的土地上，
像真的庄稼汉一样，
　　时刻担心这一犁一锄的收成。
你在我的身边，
我在你的梦边，
炉上的水壶鸽子似的

在我们生活的田野上叫着，

四周那么宁静，

梦，夜雾般地游徙在书本的丛林中。

你酣睡的呼吸像对我轻轻呼唤，

我劳动的犁声，

　　　　是你的呼唤的接应。

我常在夜晚完成的收获，

我每次都把你从梦中唤醒，

当我的收获摊在床前，

你带着惺忪的喜悦，

　　　　像个阿拉伯女孩

　　　　拥着被子只露出两眼，

　　　　和我一起分享收获的恩赐。

自然，

　　　　世上的一切都有歉收的灾难，

我也带着失败愤怒把你唤醒，

你就像一个不幸的农妇那样，

抚慰你可怜的伙伴。

你常常紧握着我这和年龄完全不相称的
　　粗糙的大手，
母性地为这双大手的创伤心酸，
我多么珍惜你从不过分的鼓励，
就像我从来不称赞你的美丽一样，
要知道，一切的美，
　　都不能叫出声来的啊！

今天，
时光像秋风吹过芳草丛生的湖边，
你褐色的面颊已出现最初的涟漪，
你骄傲的黑发也染上了第一次的秋霜，
我们虽然还远离着
　　彭斯致玛丽·莫里逊的情歌的年龄，
还远离着那可怜的彼德洛夫套着雪橇，

送他老伴上城看病的年龄，
虽然
　　　我们仿佛还刚刚学会一点
　　　做父母的原理，
我们还和孩子一道顽皮、
　　　一样淘气地做着鬼脸。
我们还为一件有趣的玩具心醉，
虽然……即使是一百个"虽然"，
亲爱的，
毕竟我们已经跨进了成熟的中年。
让我们俩一起转过身来，
向过去的年少，微笑地告别吧！
向光阴致意，
一种致意；
一种委婉的惜别；
一种英雄的、不再回来的眷恋；
一首快乐的挽歌。

我们的爱情，

　　　和我们的生活一样顽强，

生活充实了爱情，

爱情考验了生活的坚贞。

我们有过悲伤，

但我们蔑视悲伤，

她只是偶尔轻轻飘在我们发尖上的游丝，

不经意地又随风飘去。

我们有太多的欢笑，

我们有太多的为中年的欢笑，

　　　而设想的旅程，

在我们每一颗劳动的汗珠里，

都充满笑容，

中年，是成熟的季节啊！

我们划着船，

在生活的江流中航行，

我们是江流的主人，

我们欣赏重叠的、起伏着的浪涛，

我们从船底浏览幻想的风云，

也曾从峡谷绝壁两岸

　　　闻到幽兰的芬芳。

小船经过广漠的、阳光的平原，

有时也开进长着橘柚和荔枝的小河，

看到那使人心醉的红瓦白墙的、

冒着炊烟的小屋……

我们快乐的小船，

今天站着两个年轻水手，

他们和我们年轻时多么相似，

　　　那满头油亮的南方人的黑发，

　　　那远航人的前额和眼睛，

　　　那适于风雨的宽阔的肩膀，

他们凝视着愿望的大海的方向，

有一天，将要接过我们的舵和桨。

中年是满足的季节啊！

让我们欣慰于心灵的朴素和善良，

我吻你，

吻你稚弱的但满是裂痕的手，

吻你静穆而勇敢的心，

吻你的永远的美丽，

因为你，

世上将流传我和孩子们幸福的故事。

　　　　　　　1970 年 12 月 12 日于磁县

1971

养鸡也是课一堂

——三年农村劳动的纪念

天下母鸡皆生蛋，
咱鸡生蛋不平常；
生蛋吃肉平常事，
养鸡原来课一堂。
过去吃鸡"东单"买，
讲究还上"浦五房"，
贵族老爷脾气摆，
饭来只要嘴一张，
小鸡怎的变大鸡？
大鸡怎的进市场？
道理说来不难懂，
最难就是自己养。

自从去年六月里，
小鸡来了一大帮，
早搬出来晚搬进，
怕的就是黄鼠狼。
又怕冷了小宝贝，
又怕坏了小肚肠，
别看小鸡个儿小，
吵起人来真够呛。
饮食起居费心思，
好像照顾亲爹娘。
若是这般也罢了，
小鸡还要分两样：
有的长成小伙子，
有的变了大姑娘，
小子姑娘大起来，
起居总得有间房。

老朱老彦苦心费，
白天晚上共商量：
屋里要有落脚架，
还要空气和阳光。
没事让它来回走，
所以还得房通房，
盖成鸡屋一丈五，
冬天温暖夏天凉，
上头抹了石灰顶，
平顶形式本地样。
从此鸡群有屋住，
不再发愁挤木箱，
全班同志很得意，
公鸡母鸡喜洋洋。
小鸡慢慢大起来，
同志都说该营养。
那时恰好搞水田，

蚱蜢蝼蛄爬成行。

排队上工带罐子，

外班也帮咱班忙，

老冯老赵太热心，

逮到一个送一趟。

夏天过了秋天到，

秋天自然秋收忙，

老李好心出主意：

"把鸡带到田头上"，

田里尽是碎谷子，

陷在泥里没法攘，

鸡群出来眼睛尖，

边啄边走很相当。

这个主意固然好，

几十只鸡费来往，

万——下跑散了，

你到哪里找它娘？

老李连忙来辩解，
口气像个诸葛亮，
他说小线绑鸡脚，
送到田头用篮装，
于是大队往前走，
后头跟着挑担郎。
大晴天里会下雨，
平地也能把脚伤。
没料鸡群到了地，
挤挤压压死一双，
有的小线套脖子，
两眼翻天吐白浆。
大家心里很难过，
老李想起也懊丧。
既然已经到了地，
只好暂时把鸡放。
鸡群总得有人管，

排里选出两"金刚",
一是五班老老李,
一是七班老老黄,
田头一边站一个,
鸡群围在田中央。
人家午休他不休,
人家吃饭他站岗,
莫道管鸡事情小,
头上顶着大太阳,
老黄老李忠职守,
小小竹竿枪一样。

秋风吹过黄叶落,
北京下来老古头,
背着行李回班上,
这个同志话不多,
干起活来没声响。

一来就把鸡窝掏，

鸡粪搞出几大筐，

从此喂鸡由他管，

不怕烦来不怕脏。

往返厨房要剩屑，

细细挑来让鸡尝，

鸡的脾气全摸透，

只只特点都能讲。

有的性子比较躁，

有的就是太紧张，

还有挑食盆中站，

又有爱啄人手掌，

有只取名"小媳妇"，

有只叫做"短尾胖"，

鸡群实在很可爱，

毛色有黑又有黄。

公鸡生着大红冠，

打起鸣来震门窗；
母鸡任务还没到，
跟着公鸡瞎浪荡。
清早只要门一开，
呼啦呼啦往外闯。
有天天气还不错，
鸡群生活很正常，
老乡播种小麦地，
掺了毒药防虫伤，
粒粒撒在地里头，
招呼我们鸡别放。
说时迟来那时快，
不想祸事已碰上，
时间不到半点钟，
鸡群大叫走慌张，
有的半路就倒下，
有的田间身已僵，

有的到家还喘气,

一下变得硬邦邦。

同志互相傻了眼,

这事该从哪里讲?

"神医"连说不要紧:

包在老洪我身上,

一扎针灸它就好,

"医鸡医人一个样"!

进屋取出针一把,

针针都有五寸长。

头针扎进鸡脖子,

二针扎在肚子上,

据说这叫"长寿针",

一针保它活不长。

其实这是说笑话,

老洪何尝不心伤?

他怕大伙不好过,

故意逗得乐嚷嚷。
事故只有这一个，
从此小心且提防。

早上一过到中午，
中午一过到晚上。
看看冬天已来到，
公鸡全部进伙房。
剩下母鸡十四只，
老古当了鸡班长，
掐着指头天天算，
立春生蛋有希望。
春节过后天气好，
母鸡只只红脸膛，
同志仿佛办喜事，
人人争说有迹象，
偷偷跟出又跟进，

其中忙坏小老杨。

老杨外号"杨眼活"，

哪里有活哪里上，

神不知来鬼不觉，

何时去过大厨房？

厨房借来蛋一个，

偷偷放进草料场，

事先又不打招呼，

碰巧老黄上茅房，

上得茅房急急风，

茅房隔草一屋墙，

墙矮人高看得见，

猛然喜坏我老黄，

拾起蛋来大步跑，

后面赶着张班长。

"急报急报急急报！"

举起蛋儿大声嚷。

没料老杨神情淡，
慢条斯理对我讲：
这蛋是我搁下的，
引鸡生蛋来上当；
干吗跑去动手脚？
鸡不下蛋你赔偿！
这时老黄醒过来，
摇摇鸡蛋是散黄。

暖和日子二月三，
头蛋生在草堆上。
这个喜事了不得，
喜煞热心小老杨。
决心说是要保密，
等到上千才交上，
但是高兴按不住，
谁上门来对谁讲。

这蛋模样实在怪！
一头糙来一头光，
别说怪样止于此，
再怪十倍又何妨。
这蛋得来不容易，
二百七十日月长。
癫痫儿子自己好，
丑蛋越看越欣赏。
从此天天有蛋拾，
有时成单有时双。
只要听见咯咯嗒，
我就连忙跳下炕，
拾起蛋来编上号，
接着号数排成行。
拿起烟斗抽两口，
看看鸡蛋满一箱。

养鸡生蛋家常事，

道理果真不寻常。

1971 年于河北磁县东陈村

1972

调寄 "少年游" 女儿十六周岁

工部女儿不知愁，
明月照鄜州。
青杏别时，
桃花今是，
千载父女忧。

相随相伴舴艋舟，
都作未名游。
薜荔兰芷，
锦帆风满，
歌吟此生休。

1973

火车中

列车疾驰秋风劲
有人喷嚏半夜醒
借问同志列车员
你们值班冷不冷?

疏影（梦归）

归梦识路
投魂魄梦里
零落甲胄
曲巷斜阳
燕子堂前，
风尘平生堪诉。
非关是潮升潮落
只一句
别来安否？
苔院翠竹深深，
苍崖滴泉依旧。

明月梅花照影，
聆夜声边城，

南山更漏。

往事如丝，

未悔先乱

最是撩人时候。

笑我灰阑三四折，

也应识镜里清瘦。

角门外，何处杜宇？

莫乱点北门渡。

1974

平江怀人

你这个东方的但以理^❶,
被扔进狮子窝,
没有神仙搭救你。

那个希伯来的预言家,
差些让狮子撕得粉碎,
却平安地走出死亡。
你呀你,
这个着铁衣的老人,
永远不再回来,
永远不再回来。

❶ 但以理,公元前 6 世纪希伯来的预言家,被扔进狮子窝,
却被上帝搭救出来。

在我们古老记忆里，

曾经有两个神仙下凡

帮助过高尚的愚公搬走大山！

唉！

没有半个神仙搭救你，

你这个

东方的但以理，

直心肠的但以理，

预言太早的但以理啊！

1974 年于故乡

一个人在院中散步

我告诉你，
他想哭的时候微笑着。
有的邻居盼望他死，
（想要他的房子）
有的邻居可怜他活。

他是动物，
却植物似的沉默。
在院子里散步，
别为他的孤独难过，
因为所有的门缝里，
都有无数对眼睛活跃。
奇异的时代
培育细腻的感觉。

有的眼光像吮血的臭虫，

有的眼光，

无声的同情，

无声的拥抱在闪烁。

一个人在院中散步，

寂寞得像一朵

红色的宫花。

明知道许多双眼睛

在窥探，

他微笑着，

仿佛猜中了一个谜底。

1974 年于故乡

就是她最好！

就是她最好

又漂亮

又潇洒

又威风

年纪又特别不显得老。

就是她最好

又和气

又慈悲

又温柔

穿着新发明的裙子到处作报告。

就是她最好

说打就打

说笑就笑

说哭就哭

说闹就闹

像个天真淘气小宝宝。

就是她最好，

摸你的头

搭你的肩

搂你的腰

还要给你改字号

就是她最好，

不准说不好，

要不然

小的充军

中的劳改

老的坐牢

求饶也不饶

哇哩哇啦
叽里咕噜
喝！喝！喝！
好得不得了！

1976

天安门即事

说是从丰台来的

一群褴褛的人，抬着
一个褴褛的花圈，
说是从丰台来的，
说是从丰台走着来的，
还说是一路号哭着走来的。
他们排不成一个队伍，
他们的花圈用稻草和野花扎成。
排在最后的是一个
抱着婴儿的妇女
和一个牵着她衣角的女孩。

说是丰台来的，

说是一路走来的，
献上他们哭碎的心。

老夫妇

完全不能动的，
是一个老头，
还能走路的，
是一个老太婆。

老头坐在破旧的
儿童车上，
像保姆推着婴儿，
老太婆推着老头。
多远的路途啊！
他们也上这儿来啦！

老头哭着，

老太婆也哭着，

像妈妈永远不再回来。

老兵

一脸白络腮胡子，

一件褪色的军大衣，

在金水桥当中，

他满噙眼泪对着南天

站立不动。

他站立不动，

只对着迢遥的远方，

谁也不知道他从哪里来，

只看得出他是一个遥远的老兵。

近来的汽车
只从他身边轻轻开过，
没有鸣笛，
没有叫他让开。

他是一个老兵，
站立在金水桥当中，
谁都没有惊动他，
只见他满脸的络腮胡子
和满脸的泪痕。

哭泣的墙

"警卫员同志，
让我们进去
和总理告别吧！"

警卫员用沉默
回答少女的要求，
却肃立着跟少女们一起哭泣。

警卫员们像一堵哭泣的墙，
哭泣的少女趴满墙上。

邂逅

那时候，
我每天都去天安门广场，
早上去，
中午去，
晚上也去。
一声不响地去，
回来也不说话。

我天天去天安门广场，
一天上午，
我见到一个年轻妈妈
带着一个小女孩。

她俩都一声不响，
她俩都那么懂事，
只静静地观看着
沸腾的正义海洋动荡。

一个人跑过来了，
一群人追过来了，
那个人满身唾沫，
被拉到纪念碑前。
"妈妈，他是好人还是坏人？"
"坏人，揍死那个坏人！"
忽然，年轻的妈妈看见了我，

我，连忙微笑向她点头，

仿佛大声地告诉她：

"我，是你这边的！"

1976 年

1977

崇高多好!

自己崇高,
才能爱崇高的东西,
才能为崇高事业唱歌,
如果成天灰溜溜地
　　　　像个狗娘养的,
　　　　　　怕犯错误
　　　　　　怕挨打
　　　　　　怕负责任
　　　　不停地认错和认罪,
　　　　作没完没了的检讨,
　　　　　　　　走一步, 看一眼,
你哪有心思想到崇高的一切?
即使你嘴巴也念些崇高的词,
　　　　那又价值何在?

崇高，

献身的基础，

一个民族质量的标准，

在于它的相对质，

无数万崇高的个体

一个伟大的积

特别雕塑

如果我是个雕塑家，
只做一座灾难之神，
要多丑有多丑，
要多恶有多恶！
把它安放在谁也不理的角落，
要多臭有多臭的脏地，
精心塑造一个往日罪恶的空间，
真难！

它浪费了亿万人的生命，
伤害亿万人的心……

1978

不准！

他妈的！

既不准大声地笑，

也不准大声地哭。

如果遇到什么高兴的事，

那就躲到被窝里去，

尽情地

做一百次鬼脸。

如果遇到什么伤心的事，

就让眼泪往肚子里流吧！

那时候，

我们总是那么安详。

街上遇见了朋友，

就慢慢地、微微地点个头，

仿佛虔诚得像一个

狡猾的和尚。

1978 年 11 月

擦呀！洗呀！

不告密，不就好了吗？

你偏告密；

不杀人，不就好了吗？

你偏杀人。

现在呢？

你到处摇尾巴，

或是

    装作没事的样子，

或是

    到处去乞讨

        过去糟蹋过的友谊。

人民心里都有块

天安门广场，

而你

　　　　却在那里进行屠杀。

现在你害怕了，

用卑鄙和罪恶的双氧水

　　　　在洗擦血迹。

一切都来不及了。

人民都看在眼里。

使劲擦呀！

来不及了！

拼命洗呀！

来不及了！

1979

幸好我们先动手

——仿彭斯体

做生日没这么高兴，

娶媳妇没这么开心，

收庄稼没这么带劲，

过春节没这么提神，

好呀！

班房里关着四条害人精。

他们，

比老鼠还狡猾，

比苍蝇还不卫生，

比毒蛇还阴险，

比妲己还荒淫，

好呀！

班房里关着四条害人精。

幸好我们先动手，

要不然

全国人民就活不成，

那时候

还谈什么收庄稼、

过春节、

做生日和结婚？

好啊！

班房里关着四条害人精。

1979 年 2 月

113

曾经有过那种时候

人们偷偷地诅咒
又暗暗伤心，
躺在凄凉的床上叹息，
也谛听着隔壁的人
在低声哭泣。

一列火车就是一列车不幸，
家家户户都为莫名的灾祸担心，
最老实的百姓骂出最怨毒的话，
最能唱歌的人却叫不出声音。

传说真理要发誓保密，
报纸上的谎言倒变成圣经。
男女老少人人会演戏，

演员们个个没有表情。

曾经有过那种时候，

哈！谢天谢地，

幸好那种时候

它永远不会再来临！

1979 年 3 月

不如一索子吊死算了

——D 大调谐谑音

他活着的时候
忙着嫉妒，
忙着暗算，
落得现在一事无成，
留下许多小本本。

那时候，
他觉得富有而充实，
因为他掌握着
随时可以出卖的
朋友的隐私。

现在，

那一切都很不时兴了。
他彷徨在街头，
仿佛一个失了业的
奥赛罗。

所有的人都在工作，
在笑，
在唱歌，
他却一贫如洗，
不知以后的日子
怎么过。

其实，
他没有真死，
那不过只是
我的一个小小建议：
不如一索子吊死算了。

献给妻子们

我固及见其姣且好也。

——摘自《儒林外史》

不是好女儿，

哪来的好情人？

不是好情人，

哪来的好妻子？

不是好妻子，

哪来的好母亲？

我自豪有个妻子，

一个斑鬓的妻子，

一个长相厮守的妻子。

我们都曾经年少过，

我们都曾经追逐和奔跑，

现在，毕竟我们都一齐老了，

脸上的皱纹历尽煎熬。

人家说，

我总是那么高兴，

我说，

是我的妻子惯的！

人家问我

受伤时干吗不哭？

我说是因为

妻子在我旁边！

我骄傲我的祖国

有数不尽坚贞顽强的妻子，

年少的，

中年的，

白发的，

跟丈夫共同战斗的妻子。

1979 年 3 月 8 日

宝石和公鸡

如果满地都是珍宝，

代替岩石和泥土，

人们从来生活在

光闪闪的世界上，

那么，

珍宝还有什么用?

人们就会小心地

把岩石和泥土当成货币，

去交换许多过日子的东西。

人们忘记了

世界上一种美丽的鸟，

羽毛斑斓，

火焰似的肉冠，

可惜，

它多得在每一家
房前屋后游荡，
谁都明白
它就是公鸡。

一种好的东西，
比如说，真理，
你把它印在
脸盆、饭碗、热水壶上，
油漆在墙上，
广播在城市的天空，
即使让医生注射在每人的血管里，
它无处不在，
于是，
它就变成多余的宝石和公鸡，
淡淡的像一抹轻烟

在人们脑子的边界飘浮……

············

1979 年 3 月

我思念那朵小花

大雪布满原野，
我在痛苦的冬天散步，
灰绿的天，
沉重地压着，
无边的银白，
连一声雀鸟叫也听不见。

我看见一朵金色的小花，
一朵金色的小花，
孤独地
从地里钻出来，
它独自盛开着，
还向我微笑。
冬天过去了，

到处都是鲜花啦！

五颜六色的，

开在暖和的太阳下。

这春天多好，

多难得的春天哪！

但是，

我时常在春天里

想起冬天，

尤其是

那一朵孤独的

向我微笑的小花。

我认识的少女已经死了

我认识的少女已经死了，
她不是站在小河对岸的
那个少女，
虽然她们都一样的美丽年轻。

我认识的少女已经死了，
为了悼念一位伟大的死者，
她为悼念而牺牲。
我认识的少女是那么纤弱，
她曾经怕过老鼠和小虫，
却完成了一个壮丽的献身。

有谁知道她死在何方？
有谁看过那最后的一双

等待黎明的眼睛？

在小河对岸

站立着一个少女，

但我认识的少女已经死了，

虽然她也曾在河岸上

凝眸黄昏。

为了不让所有的少女

再有那不幸的未来，

请我们男人们为战斗而死吧！

即使死一万次也行！

1979 年 4 月 5 日

犹大新貌

没有朋友，
告密者就没有食粮。
越是好朋友，
告密者才吃得脑满肠肥。
一个告密者走在街上，
身后的冤魂跟着一大帮。

一切都必须做得和真的一样，
你开心，
他替你高兴；
你难过，
他陪你忧伤。
只要他看中你，
正直的同志无从提防。

脑子糊涂，他可以作启发。
记性不好，他可以搞备忘。
他耐心地、温柔地引导你，
过了奈何桥，
送你上法场。

一个时代有一个时代的模样，
连屎壳郎也有自己的国王。
告密者们摆开阴谋的仪仗，
圣坛上列坐着
"慈悲为怀"的"四人帮"。

1979 年 5 月

希望之花

十万个梦魇里，
少女们在栽着希望之花。
泪水如清明细雨，
圣洁的白花开遍广场。

恶魔的绝望
是一个现实的故事。
夜里
它悄悄揉碎广场
所有的花朵，
到黎明，
怒放的鲜花
又形成无边的海洋。

少女们的花朵和泪水

在这个沉重、钢铁般清冷的忌日里，

只为着祭奠一个人。

这个人

他的声音，他的微笑，

包含着

少女们数不尽的希望。

1979 年 6 月

热闹的价值

蚕不是一边吐丝一边哼哼，
蚂蚁劳动从来不吭声，
劳动号子只是放大一万倍的呼吸，
生活到了总结才出现歌吟。

精密的创造需要安静，
深刻的思想不产生在喧闹的河滨。
大锣大鼓只能是戏剧的衬托，
远航的轮船哪能用鸣笛把力气耗尽？
在节日里自然要欢笑和干杯，
如果一年三百六十五天都这样，
岂不太过费神？
我不是要你像树和鱼那么沉默，

但创造

必须用沉默的劳动才能进行。

1979 年 6 月

不是童话而是拗口令

狼吃羊，

我们常听说。

狼吃羊，然后

变成"羊"，

我们头一次听说。

如果有人告诉你，

那只吃了羊的狼

变成的"羊"

在控诉，

它也曾经给狼咬得很惨，

亲爱的同志，

你也应该相信，

因为

据说这是真话。

我们这个奇妙的地球上，

什么事都发生过，

只要你有耐心，

明天你还会听到

羊吃狼的新闻。

1979 年 7 月

哑不了，也瞎不了

先割断她的喉管，
年轻轻就死了。
使我想起许多事情……

如果，挖了我的眼睛，
再也不能画画，
我，就写许许多多的书。
如果，打断我的双手和双脚，
我还有嘴巴能说话。
如果，

　　眼瞎了，

　　手脚断了，

　　喉咙也哑了……
我，就活着，

用心灵狠狠地思想。

如果，

把我切成碎块，

我就在每一个碎块里微笑，

因为我明白还有朋友活着。

恐怕所有的人都那么想过，

所以——

今天又出现

　　　动人的诗，

　　　美丽的画，和

　　　年轻而洪亮的嗓门。

送张三

辩证法又不是你家的！
爱怎么解释就怎么解释。

一个人呆在屋子里，
哪里都懒得去，
抠你的脚丫子，
挖你的鼻屎。

事物在变化，在发展，
相互制约、相互联系。
你呀你！
想的只是你自己，
抓着头发往上提。

一下子念念有词，

一下子哼哼唧唧，

倒背着马克思，

歪念起列宁，

瞧你那么瞎掰扯，

有一天，天网恢恢归了阴，

见到马列，

看他们

剥不剥你的皮！

1979 年 9 月

为了……
——致画展的答词

为了曾经受难的人民，

为了流血的伤口

　　和哭干的眼窝，

为了鞭痕和伤残的心灵，

为了牢狱那扇小小的希望的窗口，

为了几乎是绝望的离别，

为了牵肠挂肚的思念，

为了污染的友谊，

为了那无数永不归来的战斗者，

为

　　　所有的苦难鼓掌！

因为这一切都是教训的代价。

今天，

我们为胜利鼓掌，

为了从不幸的深渊爬上来的历程，

为了伤口的愈合，

为了觉醒，

为了凋零的团聚，

为了无疵的爱情，

为了重新信任与谅解，

为了坚强的修复和建设的信心，

为所有的得来不易的欢乐鼓掌！

至于我，

和所有的同志一样，

只是苦难和欢乐的

　　历史的儿子，

故乡和土地的儿子。

1979 年 9 月

比味精鲜一百倍

——献给首长

别信他的话，

这家伙笑眯眯，

比味精鲜一百倍。

如果我是你，

就把他一脚踢出门去。

他在你周围绕来绕去，

他替你搜索

你弄不到的东西；

替你打听

你够不着的消息。

你老了，你离不开他，

他是你的维他命，

他是你的救心丹，

你的脑子不听使唤，

手脚也不怎么灵便，

一点也不要担心，

他一切为你包办，

犹如你亲自

在外面周旋。

他给你

做一种无形的

精神按摩，

直到

他的脑子

代替了你的脑子，

他的思想驾驭了你的语言。

他使你慢慢地

完成一次伟大的退化，

他有办法使你

享受着

麻木的庄严，

直到在政治上

把你的骨髓吸干。

他恨谁

就说谁在骂你；

没有消息进贡，

就狠着心肠对你

信口瞎编。

他把你变成一颗

遗落在泥巴上的蝉蜕，

顶着你的躯壳，

他到处招摇撞骗。

有朝一日，

也可能

你发现这个小子
有点不对头，
但同时又觉得
你和他
已存在一种
理不清的纠缠。
那时候
你再也没有办法
跟他翻脸，
就好像
吞下一只钓钩
在肠胃间。

同志，
把你的窗户打开，
让新鲜空气
和阳光进来。

然后

再狠狠地一脚

踢他的屁股，

踢这个马屁客！

远远地

踢出门去，

让他哪儿也找不到

饭碗！

亲爱的同志，

从火海里杀出来的勇士，

工作，思考，

丰富得像一个金色的

秋天，

让他把这些

宝贵的东西还你，

还给你

本来属于你的，

扔掉他给你戴上的高帽

　　　　　　　枷锁

　　　　　　和蜜罐罐。

什么首长长，首长短？

那些可怕的腐蚀剂，

比鸦片十倍的毒，

比味精一百倍的鲜，

常人你见过千千万，

想想——

栽倒在这小子脚底下，

可实在太不上算！

　　　　　　　　1979 年 10 月于北京

哪能这样？只好这样！

——致江青一伙

世界上的事，哪能这样？

哪能这样？

少女失去穿花衣的年龄，

孩子学着大人的声音，

学校是仇恨的战场，

家庭成为苦难的中心。

哪能这样？

我的天！

花香抵不过粪臭，

富饶就是罪行，

碎心的离别

使国土麻木，

年轻的爱情
需要死神批准。

哪能这样？
我的天！
自己无知，
就忌妒科学；
自己衰老，
就仇恨青春；
失去信心，
让别人陪你死；
摔了一跤，
却拉倒许多正直的人。

哪能这样？
只好这样！
把你们抓起来！

把你们抓起来！

剥开你们凶残、卑污的灵魂。

1979 年 10 月

格杀不了的歌唱
——听罗荣巨同志歌唱

你的歌，

唤醒我欢欣的热泪；

你的歌，

抚慰着满场斑斑白发；

你的歌，

像钱塘江潮，

冲洗着历史的悲欢。

像微笑，

像爱情，

像科学，

像一切美好的东西一样，

歌唱也是格杀不了的。

你唱你的歌，

台上台下，

都眼泪滂沱，

毒手掐不断你的歌喉，

你又唱出了我们心底的歌。

为了祖国更灿烂的未来，

为了麦田有更多的浪花，

为了千百扇通向阳光的窗子，

你，要放开喉咙，唱更多的歌啊！

从远古到今天

——致新泽西的小屋

在天空还不到一个钟头，
已经是深深的怀念，
怀念，还加上一些伤感。

我是山里来的人，
喝够了苦水
　　使我不常流泪，
用微笑数落着——
　　心中晶莹的泪珠。

我可能还会再来，再握手，再干杯，
也可能
　　让岁月覆盖了重叠的山水……

153

不管这样或那样，

有一天，

我衰老的意念里，

新泽西啊新泽西，

　　　树丛里那白色的小屋，

　　　阳台上张着的大伞，

　　　将永远新鲜我的梦寐。

过去，

我从没有见过一百多层的高楼，

但我登过比它高得多的山，

我从没见过那么复杂的交错的公路，

但我曾坐着小船划过深邃的河流；

我有许许多多

　　　亲热的朋友，

但在千万里之外，

用心灵拥抱你们——

自己的兄弟和骨肉。

兄弟呀兄弟！
远古以来
　　牵连着祖国苦难和酸辛的骨肉啊！
开拓在异土的
　　古老相传的亲属！
……
……

飞机在天空，
土地在脚下，
我一秒一秒地远离你们，
一秒一秒地接近祖国……
我在轻轻地呼唤你们。
我这么想，
一定！为了祖国，

像你们那样生活，

　　那样工作，

　　那样爱，

以至于

几乎忘记了自己的一切……

1979 年 10 月于旧金山途中

妈妈，我回来了！
——献给"文革"后第一次全国文代会

好，好，好！

妈妈！

我们回来了。

原谅我们，

这年月回来，儿女这么难看，

带着衰老和战斗的伤残。

妈妈，

你的儿女回来了。

你的儿女回来了。

不再是红颜和秀发，

我们战胜了恶魔。

是从它们手中夺回我们的笑靥。

妈妈，

死去与活着的儿女们

无论在哪里都思念你。

饿了把希望当饭，

干渴把信心当水，

相信终有一天会拥抱你。

妈妈原谅我们，

流泪是因为高兴，

在敌人面前

我们从来不哭。

三千多个战斗儿女

　　　站在你面前。

他们将为世界叙述三千多个故事，

和那些死在战场上兄弟的血肉委托。

今天,

　我们唱着歌

　从头来起!

啊哈！握手

握手，
那要看是什么手？

有个朋友活着回来，
右手没有了，
我的眼泪滴在断了根的肩头，
我就握他的左手。

有一个人的右手伸过来了，
我很面熟。
　　他拍马屁，
　　　写告密信，
　　　害过我和一大群别人。
我来不及拒绝。

回家来，

我把我这只倒霉的右手洗了又洗，

嗅了又嗅，

心里忍不住想呕。

仿佛不小心吃进了一头苍蝇，

或是　糊里糊涂

　　　　跟猪屁股亲了一个嘴。

1980

这家伙笑得那么好

阿谀和奉承，
只能创造庸俗的欢乐，
并不好笑的一句话，
由首长说出来，
免不了引起他
笑得
前仰后合，
声音特别响亮，
姿势特别活泼。
他以为这样
首长就高兴，
只有他最懂得
首长语言的深度
和哲学。

想起那句话就好笑

想起那句话就好笑！
叫做：
"早交代比晚交代好！"
现在有人装没事，
其实他心里
好像火上又把油来浇。
看他摇摇摆摆来闲聊，
看他煞有介事在读报，
他其实
晚上哪里睡得着？
我总想轻轻对他说一句：
"早交代比晚交代好！"

信不信？

准得吓他一大跳。

擦粉的老太婆笑了

——读某诗作有感

心灵的丑陋，不要
以为大家看不见，
好像老太婆
在脸上巧作打扮，
厚厚的白粉，一层又一层地
往上抹，
想盖上生动的皱纹却是
难上加难。
说的是
粉这个东西
没有生命，
年月刻成的皱纹
却仍然是玲珑活鲜，

一方面为自己的社会价值挣扎，

一方面为自己的美学价值遮掩，

愿人们忘记你

历史的难看，

对自己的沉沦却总不心甘。

厚厚的一层粉擦在脸上，

忍不住还要露出笑颜，

粗糙的愿望

让一个意外打散，

碎瓷般的粉块

嘀嘀嗒嗒掉在人们眼前。

讨厌的是世界上

有一种叫做"记忆"的东西，

它总是不给擦粉的老太婆

留点情面。

1980 年 5 月于北京

被剥了皮的胜利者

天上有一个顽童，
每天吹着牧笛
到处
放牧他的羊群。
早上，跟太阳一道起来。
夜晚，
陪伴他的是满天星星。

小家伙牧笛实在吹得太好，
爱煞了天上的仙女和众神，
若就这样平平安安过去也罢了！
忽然他异想天开，
要跟阿波罗吹笛赌输赢。

阿波罗是天上的

文化首长，

琴、棋、书、画，自信件件是专门。

天神眼睛里

原也容不下沙粒，

小牧童的建议肯定是发了神经。

这一天

比赛开始在一座山上，

阿波罗指定美丽的雅典娜

做裁判人。

"现在来谈谈拿什么作赌注？"

阿波罗说：

"比输的，

让人把皮剥一层！"

唉！唉！唉！

小牧童未免太天真，

哪里料到原来天上也有不公平。

阿波罗端坐在宝座上，

举起神圣的笛子镶满钻石和金银。

他吹一吹，又停了一停，

以便看看周围听众的反应。

众神和仙女好像听报告，

静悄悄，

木讷讷，

一点也没有表情。

阿波罗还以为是自己的技巧深入了人心。

…………

下一个轮到小小牧羊神。

他拈起两支简陋的芦笛，

刚刚弄出几个声音，

微笑和沉思马上出现，

清凉的微风拂去了惨雾和愁云。

笛子是一部轻快的摇篮，

抚慰使每个听众

仿佛都有了情人。

没料到美丽的裁判
使大家吃了一惊，
她断定
胜利属于阿波罗，
这位天上的文化领导人。

唉！
疏忽的观众如果
稍微精明一点，
早就该看到慑于权威的
雅典娜的哀怨的眼睛。

小小牧童被剥了半张皮，
没有怨言，却发出呻吟。
表面上是输了赌注，

实质上是冒犯了大灾星。

神仙的伤口比起人间
愈合起来当然要快，
牧场上又荡漾起小顽童
醉人的笛音。
虽然他名义上吃了一个闷棍，
虽然他变成一个残缺的精灵。
天上的阿波罗虽然会剥皮和抽筋，
他却永远淹没不了
响彻天涯的
快乐的笛声。
（尾声）子曰："别惹阿波罗！"
"被剥了皮，别忘了继续吹笛子。"

1980 年 5 月

混蛋已经成熟
——写给小爬虫

他笑眯眯地站在太阳下，
抖一抖身上羞辱的灰尘，
伸了个懒腰，
叫一声：
"伙计！今天天气真好。"

混蛋已经站稳脚跟，
手上的血迹已经洗干净，
他活得比好人还好，
没病没痛，血压不高，
满脸苹果般的红润。

混蛋一切都缓过来了，

重新恢复严肃和精气神，

下午他要作报告，

你可一定得去听听，

要不然，

恐怕还会扣你的补贴和奖金。

（尾声）

"同志们！今天……嗯哼！

这个……这个……这个……

…………

…………"

1980 年 6 月

175

死，怎么那么容易？

什么都难，

就是死容易。

算一算，

在那个倒霉的年代，

有几个人

　　　　能幸福地

　　　　死在自己的床上？

能死得合乎逻辑？

死得让同志们

　　　　来得及哀悼和流泪？

…………

…………

总是那么不明白，死了。

写错一个字，

听外国广播，

碰缺了石膏像，

死了！

死了！

死了！

像飘浮的游丝，

像扔掉一只空火柴盒，

轻率地，

　　　消亡在人世，

　　　淡漠在人的记忆之外。

…………

…………

那时候，

谁死了，

听到的人

　　　　只敢轻轻"哦"的一声，

像狗听到狗死亡的消息，

没有一点表情。

活着的亲人却

　　　比死还要恐怖，

坐在空房子里谛听着

　　　自己的心跳……

革命的前辈，

正在茁壮成长的孩子们，

总是不明白地死去。

在当时，

如果

有人说：

　"我……我……如果可能……

我希望死在自己家里的床上。"

那时候，

你听到

这个愿望，

一定认为十分正常。

1980 年 7 月

重修旧好

怎么能重修旧好？
古人说过，
打碎的玉，
泼在马前的水。
但，
为了某种某种理由，
我们必须跟凶手握手和拥抱。
这他娘的，
简直要我跟麻风病人结婚。
所不同之处，
麻风病人的道德是完整的，
而他，
完整的外表包藏一具麻风病毒的心灵。

死在自己的床上

别笑，
我说你别笑！

从床上生出来，
却很不容易死在
　　　自己的床上。

死，
没有什么新的和旧的方式，
没有什么快乐的方式，
只有得到通知的方式，和
突如其来的方式。

一切的死，

都各有自己情感的烙印。

唉！但愿——

让我睡像个睡，

醒像个醒，

不要在快乐的梦里回到

　　痛苦的现实里来，

也不要，白天里的生活

　　像一场可怕的梦。

所以，

我希望，

如果有一天我死了，

惟愿，

死在自己睡惯了的床上。

好呀！飞行的荷兰人

——赠伊文思

有一次
我在会上叫你的名字，
一刹那你转过身来，
快得像一头长满鬣毛的雄狮。
伊文思，你说你多年轻。

不仅仅罗丽丹说你漂亮，
我们这遥远的东方人民，
都用亲切温柔的声音，
呼唤你的名字：
伊文思呀，伊文思。

幼小的时候，我喝过荷兰水，

我知道那儿有许多大风车在旋转，

好看的孩子穿着肥胖的木鞋和花裙。

后来，我更知道，

苦命的伦勃朗和

智慧的伊文思。

你的作品

是我心灵的钟声，

那多情的塞纳河，

温暖的美洲浓艳的太阳和

雨中的梦境。

一世纪以来的古旧和新鲜的芳香，

沉重的创伤和灿烂的号音，

在那里，是你美丽的一生的形影。

你吃过我们的小米，

滚过我们的泥泞，

四万万人民到十万万人民，

半个世纪与你同行。

见到你，
我不说再会。
不管你走到天涯海角，
我都觉得你没有出门。
亲爱的伊文思，
永远的伊文思！

圈圈谣

大圈圈里一个小圈圈。

——摘自《游龙戏凤》

阿 Q 阿 Q 真遗憾，
一个圈圈没画圆，
急急忙忙丧黄泉，
哎呀呀，
画个圈圈不简单。

数学定律早听过，
整数后头加些圈，
那可是个大风险，
要不信，
千万后头来两个，

千万百姓忙几年。

听说有人批文件，
不写意见只画圈，
大圈圈来小圈圈，
看来容易画来难，
你画当然等于零，
他画值得几亿元。

圈圈画来很先进，
省了力气省时间，
又是正来又是反，
又是权力又是钱，
平常表明在负责，
出事完全不相干，
勤快里头偷个懒，
好玩里头有庄严。

真是好来真是妙，

天下大事一个圈，

人命关天一个圈，

吃喝拉撒一个圈，

红白喜事还是圈，

不管画得圆和扁，

不管画得红和蓝，

高人画圈龙蛇走，

学问高深不外传。

1980 年 11 月

伽利略老头儿和老汉我

伟大的主教们有宣言，
说是要给伽利略老头儿
　　搞平反，
十七世纪的冤枉拖到而今，
可见地球不是中心这个问题
　　的确不简单。
老汉我今年五十七，
八岁的常识课里这事儿
　　就听过好几遍，
转眼又是半世纪，
原来小学三年级的功课
　　这么难，
内查外调加上自我觉悟，
　　一拖就是三百年。

老汉我不揣冒昧提个问题，

那个天上的

　　　太……太……太阳……

万一它也不是中心怎么办？

（听说宇宙很大，它不过只是一个小点点）

我担心提这个问题会

　　　倾家荡产……

所以打听一下，

万一我遭到不幸，

闹清这笔案子，

要几百年才能给我开追悼会和平反？

骨灰盒，

那时候，还能不能进八宝山？

1980 年 11 月 19 日

难以忍受的欢欣

死，还是活，这真是一个问题。

——摘自《哈姆雷特》

哈姆雷特考虑自己的生命，
十亿人民却在为"四人帮"的死活
 作出决定。
我不想玩弄
扣在笼子里的老鼠，
一瓢开水浇下去完事，因为它肮脏、丑陋。
所以，
我不明白，
如果让"四人帮"活下去，
有什么美学价值？

几十万人受迫害，
几万屈死的冤魂，
十亿人的苦情要几百年
才说得清。
他们这帮家伙
保养得那么好，
放肆而有精神。

他们坐在狭窄的
被告席上，
好家伙，
他们到底来了，
今天的魔鬼，
往日的神灵。
看他们咬牙切齿地
吞咽着仇恨的口水，
缅怀杀人的游戏，

眯缝着怨毒的眼睛。

作为一个受害者和胜利者，
我有权考虑，
一颗子弹未免太便宜了
这群畜牲。
让他们活着，
听听我们建设的歌声，
让忌妒腐蚀他们的心灵……
真是难以忍受的欢欣，
他们的死活却不好作出决定。

                    1980 年 11 月 28 日晚

正确大王颂

过去，整你是对的，
现在给你平反也是对的。
　　　——某格言

怎么你就那么正确？
你就从来没有错？
搞得人五劳七伤，
家破人亡，
拍拍屁股你就度假去了。

你永远站在错误的外边，
而总是把我安排在错误的中心。
我努力地躲避你的关注，
因为身体衰弱，

你却回回点我做"运动员"。

我以为这一回
　　你总该认个错了吧?
只要说一声对不起,
我就打心里饶了你。
没想到你根本不在乎,
踱着方步
打着官腔来上班。
老实说,我一点也不明白,
到底是谁给你那么硬的
　　本钱?

1980 年 12 月

假如我活到一百岁

长寿、长寿，
同辈的人全都死了，
倒像是一个新来的
　　　外乡人，
我孤零零茫然四顾。
……
……

长寿、长寿，
厮杀了整整一个世纪，
同志们撇下我走向天堂，
战场是那么寂静，战壕里，
剩下一个活着的我。
……

......

我是干瘪的橘子，
我是熬过了冬天的苦瓜。
　　......
　　......
人们用好奇的眼光，
盯我身上的每一部分，
　　　发皱的双手和
　　　颤抖的步伐。
吃饭时老打翻饭碗，
满身衣服是板烟烧的洞眼。
低头看一行书，
抬头就忘得干干净净。
爱情和我这么遥远，
仇恨像一缕轻烟。
我知道，

存在对于我，

　　早已和别人无关。

嘿！

有一天将会到来，

像一次旅行一样，

我将提着小小的行囊，

在前胸口袋插一枝

　　未开的玫瑰，

有如远航的老手，

不惊动别人，

反手轻轻带上住久了的

　　家门。

……

……

我尝够了长寿的妙处，

我是一个不惹是非的老头，

我曾经历过最大的震动，和

　　呼唤，
我一生最大的满足是

　　不被人唾骂，不被人诅咒，
我与我自己混得太久，
我觉得还是做我自己好。
……
……

　　　　　　　　　　　1980 年 12 月

秦问

——过始皇陵

人说知识分子是种子，
这不过是个比方，
你，却真的把我们坑了。

坑了多少，我不知道，
忙着下坑，我顾不得数数同伴，
历史记录了三百个数字，
没有加上伤心和饿死的家人。

你还说坑得太少，
是为了怜悯我们黄泉的寂寞？
还是解脱我们人世的苦辛？
是你高深哲理的验证，

还是昨晚你没睡好，今早不高兴?

只要是生物，
迟早各有各的坑，
死亡对谁都一律公平，
其间的区别不过是——
我们的草草从事，
你的搞成巍峨的皇陵。

人说知识分子是种子，
肉体朽了，留下古老的文化和文明。
就好像花果和树木，
小小种子变成茂密的森林。

说你是一位辛勤的园丁，
可你口口声声仇恨花朵;
说你不是一位辛勤的园丁，

你却在土地上作死亡的耕耘。

你自夸目光远大而毁灭知识，
料不到的却是
千万个愤怒的文盲
　　烧掉你三百里阿房宫廷。

两千多年过去了，
历史微笑着从你陵墓上空掠过，
请告诉我，
在你昏昏的长眠中
　　想明白了没有，
你真正害怕的是谁?

　　　　　　　　　　　1980 年 12 月

不忘记，也不饶恕

——关于那四个家伙

我们曾经用绿色欢迎春天，
那是辛勤的，用心思和汗水
　　灌溉出来的绿色，
而你们，却用
　　黑色的死亡笼罩祖国。

那是山，
是曾经绿得出油的山，
现在，
故乡啊！我的母亲，
你贫瘠得露出肋骨
　　和干瘪的乳房。
那些山，

石灰岩上，
绿色几时才会归来呢？
故乡啊！我的母亲，
为什么
你的奶汁变得这么苦？

故乡有太多的山了，
没有粮食没有盐，
只有高翔的岩鹰，和
拿匕首的山民。
那时候，
岩鹰飞向远处，
勇敢的山民流浪他乡。

妈妈呀！
你多孱弱，

连呼唤儿子回来的

　　　力气都没有吗？

潺湲的眼泪流成

　　　一条条小河，

八百里云梦湖

　　　荡漾着不尽的悲哀。

我们不是有过自豪的森林吗？

但，已变成一片绝壁的干黄。

我们的河床里有的是

　　　红宝石和蓝宝石，

　　　钻石和朱砂，

就好像许诺和谎言混在一起，

已成为够不着的希望。

我们什么都不懂啊！

只知道它们当不得饭。

遥远的嘉庆帝用鸩酒
　　　毒死我们三个英雄，
而你们却杀死我们千万个
　　　第一批的共产党员，和
　　　无数的少壮，
揉碎了全国母亲的心，
毁灭了我们三十年建设的血汗。

什么时候
把你们押到我们的故乡去！
让我们的山峦和森林审判你！
把我们流浪远方的壮士召回来
　　　审判你！
将你们的污血灌溉我们的田园，

将你们浸在母亲眼泪聚成的湖里
　　淹死!
抵偿我们失去的欢乐,和
　　深深的创伤。

眼睛

眼睛是窗子
睫毛是窗帘
年青的时候
　　　见到这种窗子
脸红又心跳。

如今，我老了，
我明白地面上
也有一种像窗户的东西
那睫毛的部位安着铁条
住在里头的人，
在做无数的等待和希望。

1981

窄门歌

北京站的同志笑呵呵，
听我唱个"窄门歌"。

窄门小来窄门挤，
人人惯了不稀奇。

北京城谁能不想念，
千万人进出北京站。

检票处，两扇门，
偏偏只放一扇行。

两扇门，开一半，
寒冬腊月一身汗。

空手的旅客最轻松，
出得站来一阵风。

老太婆扶着老大爷，
挤得孩子直叫爹。

笼屉、箱子、大包袱，
奋战之后有人哭。

担扁担的最伤神，
一挤一撞就打横。

跟着人流往外压，
找不着车票就抓瞎。

万年前祖宗们洞穴里呆，
洞口堵住个大石头块。

洞口越小越安全，
为防野兽嘴儿馋。

后来懂得盖房屋，
装了大门管进出。

自家进出还不算，
客人来了还管饭。

又吃饭来又喝酒，
礼貌盛情只有人才有。

从洞到门是进步，
从门到洞不舒服。

野兽不进北京城，
进城都是自己人。

北京站，真是宽，
为啥弄个洞口教人钻？

走私贩私应该管，
光靠窄门见识短。

自己人，有啥怕？
你不信人人搞四化？

"两扇门打开不好管"！
一扇门也管得团团转。

大门就像人胸膛，
敞开的心胸亮堂堂。

己对人来人对己，
党的教育了不起。

四化路上大步走，
让北京敞开大门口。

昂首阔步走出北京站，
谁能说咱效率慢？

摇篮的故事

有一架摇篮

我每次回家都看见它，

妈妈说：

　　　　这是你的摇篮，

我说：

　　　　是的，

　　　　我的孙子还要用它。

一架古老发亮的摇篮，

结实得还可以用很久很久。

让每一代年轻的妈妈

　　　　都在旁边唱歌，

让每一代的婴儿

　　　　都从里头开始生活。

妈妈曾经守候摇篮，
让孩子在波浪里演习。
如今白发的妈妈已经死去，
把船长的位置留给
　　　我的老婆。

我们从真的海上回到故乡，
我们在真的波涛里漂流了
　　　半个世纪，
嗓子锻炼得这么冷酷，
没法子，没法子再唱
　　　温柔的摇篮歌了。
……
　　　……

考拉说

快来!
看这个黄皮肤黑头发的老头。
一个中国人,还抽着烟斗。

过去,
你在画报上看我,
今天,
我坐在路上让你
看个仔细。

我们的土地没有
　　豺、狼、虎、豹,
和睦
　　已成为习惯和法律。

你衣服上的口袋为了
　　装书买东西，
我的口袋却是养育孩子。

我们吃在睡的地方，
唱在吃的地方。
我和谁都没有争吵；
只吃一种树叶，
水也不喝，
所以也不会尿湿谁的土地。

我让你抽着烟斗看我，
让你细细地看吧！
只是注意，
不要伸出你的脏手抚我，

我会生气，

会大嚷大叫地骂你。

1981 年年底于澳洲自然保护区

口袋

奇怪奇怪真奇怪，
动物身上长口袋。
不单袋鼠身上有，
考拉、老鼠、鸭嘴兽
　　不例外。
我们口袋装本本，
它们口袋装小孩。
一个口袋装一个，
省事省力巧安排。

上帝真是不公道，
明知我们本本多，
早该给我装一排。

唉！唉！唉！

却是一个也不给。

1981 年于墨尔本

哈！澳大利亚人

一眼就认得出，
那是个澳大利亚人。

土地的颜色，
庄稼的颜色，
太阳的颜色。

一眼就认得出，
牛那么强壮，
海鸥那么自由，
袋鼠那么安静，
考拉那么有趣，
笨鸟那么快乐。
那是个澳大利亚人。

说是澳大利亚人，

不修饰的美丽，

面包那么朴素，

爱情那么诚恳，

一眼就认得出，

因为我在那块土地上走过，

　　　　在大树下休息过，

　　　　在温暖的家庭住过，

　　　　相会和离别时拥抱过，

　　　　还呼吸过，

　　　　南极的风。

山呀！山

我们家乡的山，
　　　都有回声，
外出的子弟再怎么远
　　　都能听见。
欢乐的时候，它会说：
　　　"谨慎呀！孩子。"
痛苦的时候，它会说：
　　　"孩子，要忠诚、勇敢！"

只要你想念它，
　　　它就在你跟前，
那些森林的花
在你的梦里盛开，
涓涓的山泉，

流进你梦里来。

有一天，在遥远的北方
我受伤走进了
　　　故乡的城门，
老人无声地拥抱我，
年青人却大声地说：
　　　"他们不要你，
　　　就回来，
　　　我们砍柴养活你！"
妈妈抓着我的双手说：
　　　"多粗糙啊！
　　　他有资格跟你们一道！"
我们的子弟的心是
　　　忠实，
而不是驯服！
我们山里有的是太多的沉默，

却没有忘记仇恨!

消灭了四个魔鬼,
在我遥远的梦里
山峦又响起了回声:
　　　"让我们重新做起!
　　　让我们重建欢乐!
　　　但是,孩子,
　　　你要谨慎!"

像年青人一样从头来起

不要再摆谱啦！
人老了，心是活的。
能呼吸，能爱，
能吸收一切。
那些山和水
　　空气、阳光
　　　　仍然都是你的。

不要让官瘾耽误了你
　　写诗的就瞎写起来，
　　画画的就瞎画起来，
　　老气横秋，瞎说一气，
　　咳一声嗽痰痰都是珠玉。
人家背后议论你，

227

脸板得庄严，越显得可笑和滑稽。

一天到晚往医院挂号，
补药搞得满箱满柜。

一边做报告，一边喘气，
事实上你并不老迈不堪。

让我考考你，
北京有个图书馆你知不知？
虚心坐在那里，
几天后，
你或许找得到真正的自己。

亲爱小沙贝 ❶

爸爸关在学院牛棚里，
小沙贝站在学院门口。
像失去宝莲灯的三圣母，
被压在塔底。
小沙贝就是那个沉香。

小沙贝分配到山西去了，
什么时候回来想都不敢想，
背着包袱站在学院门口，
连牛棚的灯都瞧不着……

小沙贝在山西长大了，

❶ 小沙贝：画家董希文的儿子。

回来的时候爸爸已经逝去。

小沙贝如今在日本变成了老沙贝，

爸爸的名字少为人提起……

1982

雨呀！雨呀！
—— 香港风景

岛上的雨，
桐花小院的雨，
街车外
　　黄成一片的菜花和
　　　　山峦上的雨，
那雾间的雨啊！

一条寂寞的小路，
狗从雾中走来，
后面跟着我的朋友，
一个朋友，
他支着拐杖。

他一只腿站着说话，

冷雨使我们相对萧瑟，

分不出分别的眼泪

　　　　和欢欣。

"你八年来可好？

夫人和孩子可好？"

　"你看你长得多大！

嗓子也变成大人！"

　"你还唱——

我走过漫漫的天涯路？

你还写爱情的诗？"

　"不！他们都不在人世，

留给我只是这一条

　　　　残年的老狗，

这仅存的荒草颓垣——

不能修复而只能抚摸
　　　的故家。
惟愿它以后
　　　成为我永恒的墓园。

有一天，
当你重游这里，
请在我墓旁的石凳上
　　　坐坐，
说说你以后的旅程。"
我曾经答应你说：
　"一定！"
我说过我会重来。

三十年过去了，
熟悉的山径都已消逝，
层叠的大厦和音乐
　　　淫乱了回忆，
唉！

被淹没的

岂止是这微不足道的

伤感？

……

……

朋友！你在哪里？

那些荒草颓垣呢？

你的墓园和你的

　　　石凳呢？

一个妓女悄悄走来问我：

"先生，你失落了什么？"

……

……

1982 年 1 月于香港

听来的故事和感想

有对老夫妇帮过神仙的忙，
所以，
神仙给他们付点报偿。
他说：
"来吧！
谈谈你们的愿望。"
老两口想了半天：
"神仙哪！你英明在上，
咱俩一辈子
吃、喝、玩、乐
　　　想都不敢想，
如果您不太麻烦的话，
就让咱老两口儿
　　　变成两棵树，

欢欢喜喜长在大路旁。"
神仙一听哈哈笑!

"便当,便当,便当!"
眼一闭,手一扬,
老两口变成两棵
又粗、又高、又直的
大青杨。
不幸的事
    神仙也料不到,
前些时电视新闻报道
    不寻常。
某省、某县、某公社
    某个大队长,
下命令
公路两边大树全砍光。
不知派了啥用场?
老两口碰巧夹在当中央。

愿望是个好东西，

但是

得看时间、条件和地方，

要不然，

一朵好花插在牛粪上。

1982 年 2 月于北京

凤凰涅槃

> 人生自古谁无死，
> 留取丹心照汗青。
> ——文天祥

我不知道有没有在街上
　　见过你，
也可能我走过你面前
　　许多次，
多遗憾哪！孩子，
今天才觉得
你是我自豪的同乡。

当我跟乡亲站在
　　你的遗像前，

听救活的孩子哭着

　　　诉说你的勇敢，

我拷问自己：

"在你那个时刻，

　　　我站在哪一边？"

我会回答：

"跟你一起直到永远！"

如果生命可以交换，

我还会说：

"孩子！让我来！"

因为我已是知命之年！

你是个被学校开除的

　　　年轻人，

（学校是对的，你也不要遗憾。）

像亚当被赶出了伊甸园，

据说，亚当有罪，

但没有他，哪来这奇妙的人间！

你呢！为了挽救三个幼小者，
三次投向恶浪险滩。
你是背负传统枷锁的
　　　亚当的后裔！
你是家乡骄傲的凤凰涅槃。

广场父老为你泪湿春衫，
无数的问号浮上你
　　　永别的笑脸。
记得列宁好像说过，
唯有年轻人才有权犯错误，
定有一个必然的因素，
决定你产生道德上
　　　的突变。
这是个哲学问题，

也是个困惑的疑难。

为什么
一个被遗弃的青年在舍死忘生，
一千个幸福者却在旁观？

他代表我们所有人的缺点
　　　和优点，因为我们是人，
人，是可以理解的。
世上哪有真正完美的圣贤？
五千年文化，
社会主义的阳光，
就是哲学上说的
飞跃的条件。
活着的人们呀！
为我们身上高尚的情操
　　　欢歌吧！

242

把那些沉睡的良知

　　唤醒吧！

生活中的琐事，

　　是是非非，

　　这般那般，

将会一直出现，

开除和奖励

　　还要不断循环，

不要灰心！但得记住，

年轻人也是人！

深情地拥抱他们，

才是问题的关键。

1982 年 6 月 23 日

王湘冀牺牲第三天于白羊岭

追悼王湘冀同志

年轻人!

你不再想念一起玩着的朋友?

不再留恋身边的花草?

不再思索在春天里将会

　　　发生的许多有趣的事情?

为了拯救三个可爱的孩子,

你舍弃了自己未来

　　　黄金般的生活。

今天全城的人都在追念你,

他们熟悉你,

拯救对于你

　　　已不是第一次。

开一朵花要一年,

长一棵树要十年，

一个人的成长

老人说要一百年。

但是，

一个英勇奔赴的决定

却只在千分之一秒瞬间。

你只想让三个比你小的孩子

活下去，

哪会考虑自己的处境

平不平安？

永别了，我尊敬的年轻人！

真的英雄！

父母哺育你，

友谊鼓舞你，

人民和山水培养你选择这

崇高的时间。

两天后是我们伟大诗人
　　　屈原的忌辰，
你们似兰花与芷草，
　　　将同时为人纪念。

人们会明白，
一万句空话或是一百次
残酷的旁观，
不如一次
　　　勇敢的实践！

我可以说
——少年人组诗

我可以说——

爱情像一种脚步，
它轻轻向你走来。
爱情像飘浮的游丝，
在阳光下缠住你的头发。
爱情像草原的花丛，
但，你只看上我这一朵，
如果你不生气，

    我可以说——
"你只看上我这一朵"吗？

强者

嘴唇上刚发现隐约的
　　　像是胡子的东西，
说不定碰上什么事不称心
　　　还会号啕大哭一场，
前几天买的鞋子
　　　今天忽然穿不上，
刚丢掉裤子上重要的扣子，
没料到又碰碎妈妈喜欢的茶壶。

对一切都发生兴趣，
　　　吃得热烈，
　　　睡得欢腾，
　　　注视得像个傻子，
　　　欢笑得发出雷鸣。

尽管这一切

　　还遗留孩提的痕迹，

但是，谁都明白，

谁都应该明白，

我们是历史的主人。

毕业的恋歌

明天，

我或许在楼梯转角处遇见你，

在邮局门口，

在图书馆左手桌子那边

　　遇上你，

怎么告诉你，

我将离开了呢？

我将离开了，
到遥远的山那边去。
你和我都明白，
人生有两架摇篮，
一架是婴儿的，
一架是青年的。
我的心灵，
将在第二架摇篮里长大。

明天，我将离开了，
你和我
都才刚刚认识，
那么，让我们在离别中
　　互相了解吧！
用遥远的离别来考验
　　在我们还很陌生的
　　叫做爱情的东西吧！

怎么说好呢?

对我笑一笑吧!

客气地拉拉手吧!

我就要离开了,

我已经装上

飞翔的翅膀,

明天早晨,

我就要

　　　　从自己生活的跑道上

　　　　起飞,

用我刚变粗的引擎,

高唱着飞上晴空。

老年颂

——给友人 S

请让我为老人唱一首歌，
给那些善心的老人，
牺牲过、负伤过的老人，
懂得同情、疼爱孩子的老人，
用血汗编织过历史的老人。
请听我
    喑哑喉咙里
    唱出的歌。
（当然，活着或是死了的
    残酷的老光棍
    请滚出去！）

对老人说来，

受伤算得什么！

（老人的历史，就是受伤的历史）

即使从十字架上卸下来，

手脚上还留着凶手们的钉眼，

白了头发，

缺了牙齿，

断手缺脚，

背驼腰也弯。

战斗的伤痕，

才是大勇者的标杆。

曾经有一个现实，一种生活，一条口号：

"老，就是四旧。"

创作者会是谁呢？

年轻的或年老的混蛋！

他们忘记年岁的公平无欺，

因为混蛋也会衰老和死亡。

他们的父母并不真是单孔类，
因为混蛋并不从蛋里繁衍。
他们也是人，只不过
提出了一个禽兽的谰言。

老人啊！
你是晚上八九点钟的月亮，
静默而慈祥地
　　　微笑在中天，
回忆像周围的点点繁星，
遥远的历程谁也读不完。
他缓慢地在蓝色的夜空散步，
为人们揭示一个希望的明天。

老人是一部珍贵的文献，
生理上的衰老、唠叨、健忘，
　　　有如字迹的模糊

　　　　和零落的残篇，但
抹煞不掉深刻的内涵。

老人从来是慈祥的智者，
你可以在小处占他便宜，
　　　以为他龙钟、糊涂，但
别想在大处让他受骗。
你偶然在路上遇见
　　　一位老人，
拄着拐杖，
步子艰难，
　　　（你心里或许有过嘲笑的闪念）
很可能，他
就是你课本上的英雄，
半个世纪前为我们
　　　承受过敌人的子弹。

苦难和焦虑漂白了他的头发，
十年浩劫，几乎把眼泪流干，
今天他拄着拐杖还没有停步，
将一个新世界
　　　交给我们接班。

摩西说过：
　"谁若使老人流泪，
　　　我就让大地震颤。"
我们的老人哭过了，
我们的土地也震颤过了，
今天，
新世界到来了，
我们要努力使老人们笑呵！
我们有信心使老人不再伤心！

　　　　　　　　　1982 年 9 月 9 日于广州

256

春景（散曲）

遍城郭内外春渐起，

折柳枝卜得甚好天气？

莫笑我还学少年时，

破船里载着个醉老妻。

管怎的落花风，催花雨，

没了当打湿件旧蓑衣。

且蜕根桐管吹支柳营曲，

少理会，石上鹈鸰。

远山子规，

沙洲渡一条牛喝水。

雨过云霁，

平湖面当得一块镜玻璃。

老两口且俯船照个影，

含着的蚕豆笑进水底去。

1982 年 4 月 10 日

访友

狗老懒吠客，
相随叩柴门。
主人之何处？
红叶伴涧声。

在德国找一个朋友，他不在家。

1983

毕加索会怎么想?

——西柏林毕加索雕塑展所见

在柏林，

毕加索的雕塑展

发生了什么事?

我知道在莫斯科

曾经为他的作品打过群架。

在美国，

人们买门票

绕了三公里的圈子。

在法国，

四十张作品引起了

一场屠杀。

············

下午三点钟，

在柏林

毕加索的雕塑展，

看我们熟悉的

《跳绳的女孩》

《老猿》和

大奶子的《山羊》。

…………

人们的面孔非常严肃，

但，肚脐眼一定都在

快乐得发抖。

我见到一对中年夫妇，

妻子搀扶着瞎眼的丈夫在

轻轻说话。

丈夫抚摸着一件件

铜铸的作品，

仿佛眼睛长在他

温柔的手上。

我知道，在德国，

每一个公民都有教养，

从小就懂得

只能用眼睛和耳朵欣赏艺术。

…………

人们注视这一双正在抚摸着的手，

仿佛大家在毕加索的森林里迷了路，

跟随它小心地一步步

探索方向。

"不要抚摸展品！"

（一个穿制服的人走了过来）

"他是个瞎眼的人。"

（妻子温柔地回答他）

"不行！谁也不能抚摸！"

（说完了最后这句话，

穿制服的人走了。）

那么……

那双温柔的手沉重地

垂下来了，

心碎的妻子站在旁边。

所有的旁观者都明白

那双下垂的手正在哭泣……

…………

亲爱的毕加索，

你知不知道有一种眼睛

是长在手上的？

你知不知道，

那样的手

是和心灵连在一起的？

你知不知道今天

所有的观众和那双手，

重新受到一次

"格尔尼卡"式的轰炸？

你知不知道，

有一种制度的心，

比你铜铸的作品还硬？

毕加索啊！毕加索，

如果我是你，

一定会说：

"瞎眼的朋友，

你抚摸吧！你拥抱吧！

我的作品是为了一切人，

用一切方式欣赏的！"

要是我是那位穿制服的人，

我一定会说：

"瞎眼的朋友，

你抚摸吧！你拥抱吧！

大不了我丢了饭碗滚蛋！"

我只是说：

不要为了毕加索

而伤了瞎子的心，

因为，死板的框框，

就是对毕加索

最大的亵渎。

1983 年 11 月 20 日于柏林

三楼上有间小房

江声浩荡，在屋后奔腾。
　　　　——摘自《约翰·克利斯朵夫》

三楼上有间小房，
窄窄的门和两扇小窗。
楼板像粗糙的筋胳，
发出古老的幽光。
这里诞生了婴儿贝多芬，
呱呱坠地时，门口响着
马车的声音，
只不过是条普通又普通的小街，
命运狂敲着新世界的大门。

伟大的生命不一定诞生在

268

伟大的房间，

伟大的作品不一定产生在

伟大的宫殿。

那时的钢琴还只是几十根

简陋的琴弦，

像一把朴实的锄头开发着

人们心灵的春天。

波恩是老贝的故乡，

世界响遍了他的乐章，

傲岸的情操震动过智慧的歌德，

英雄的交响教诲过法国的霸王。

造物者实在很不公平，

聋了耳朵的老贝

勇敢地创造声音。

丰富的想象伴随寂寞的老年，

浓郁的情感却从未尝过爱情。

三楼上那间小房，

小窗口透过古铜的夕阳。

一个感谢的影子来自

遥远的国度，

老贝的生涯温暖过

他的胸膛。

1983 年 12 月 9 日于波恩贝多芬故居

1984

"豌豆"^❶诗人自叙诗

人说

诗是花，

是山水的精灵，

是纤弱的蝴蝶，

是捉摸不透的水银。

我看，都不像。

只觉得，写诗辛苦。

有些年，我割野草，写诗。

在七月的太阳下，

热得我

❶ "豌豆"借自安徒生童话《豌豆公主》，说一个娇气的公主，
　五六床垫被底下放一粒豌豆她也能觉察。

汗水打眼窝里流出来。
荆棘弯弯的钩刺，
手掌心流出
鲜红的句子。

我还在冰冻的雪地里拉车，
咆哮的冰天吓得
睾丸也躲进小肚子里。
我呼吸苦难得以为是
最后的几口气，
诗在脑门上冒着火星。

今天，
我在三楼靠窗的地方
有一张专门写诗的桌子，
窗外杨柳正在发芽，
远处湖上的雾气

飘进屋来。
不用干渴就
抿一口绿茶,
不用饥饿就
吃一块饼干。
点点凉意马上
套上背心。

宁静中还要宁静,
意外的响声就是诗的敌人。

不知道谁住在四楼,
他一定不知道
三楼住着我!
从早晨直到夜晚
把楼板弄得"哗啦哗啦"响,
毫不明白写诗需要安静。

我忍耐到第二天清早，
一口气直上四楼去敲
他的大门。
开门的是位笑眯眯的
老太太，
雪白的头发
活像我的母亲。

原来她是一位孤独的老人，
房间堆满着布鞋面和
一部衣车。
墙上挂着丈夫的遗像，
一个满脸皱纹的老兵。

老太太从早到晚，
车缝几百双鞋面，
她不想增加

谁的负担，

自食其力地度着残年。

她温和地问我：

"有没有什么要缝补的？"

我说：

"请原谅。

我来找我的猫……"

回到我自己的混蛋书房，

站在屋子当中喘气，

我仿佛满嘴只剩下半截的牙齿，

说不出话，

我仿佛喝错了一肚子汽油，

不得开交。

我的什么狗屁的诗

和灵感！

啊！我的诗还在这里，

但，这些年有谁知道？我这个人哪里去了？
我！站好，不要动，
真应该狠狠地
来两记耳光！

1984 年 1 月

遍插茱萸

──拟情诗

你曾经住过的山峦，

红屋顶，蓝树，绿色的湖。

不止我一个人怀念你，

那温暖阳光下的小船，

不止我一个人怀念你。

那地方，

我们心灵中的隐秘。

多久才能见你一次，

你从早晨的湖岸走来，

你们，一群年轻和年老的恋人，

不敢叫出你的美丽。

你的微笑令我微醉，

一句话让我整天高兴，

不管是白天黑夜，

想起你

伤感和迷惘变成

早晨阳光中的鸽哨。

不幸的是——

当我从远游的河上归来，

听说你坐着小船

顺着另一条河走了。

远远地，

留给我们

那么多眷恋和惋惜。

如今，你在哪里呢？

过得可好？

唉！你哪里知道，

这个离别带来的，

我们失望的深度。

你在哪里呢？

你衰老得不再美丽了吗？

糊涂得忘了归路？

要不，

真把我们忘了……

逢到节日

我们学着古人遍插茱萸，

因为，

你曾经是我们

心灵中的情人。

1985

花衣吹笛人

——花衣吹笛人二百年祭

（1784 年—1984 年）

怎么搞的？

来了这么多耗子！

这么多！

被窝里，鞋里，水缸里，

袖子里，裤筒里，神龛里，

还有摇篮里。

鬼才知道，有时候报告做得太长

　　　忘了闭嘴，

活泼的耗子跳了进去。

吃光了粮食，啃坏了书本，

据说还咬断了桥梁和镣铐，

　　　乐坏关了三十年的老犯人。

不是三天和半个月，

而是整年整年，

耗子像有的画家住旅馆一样，

简直以为是在自己家里

和人们共进三餐，

在一个教堂祈祷，

追逐谈情说爱的年轻人，

还违反传统地咬死村子里

　　所有的猫。

这一天来了个

　　花衣吹笛人，

不知从哪里来，要到哪里去。

啤酒店喝了一升酒，

抽了一袋烟，

在街心水池边笑眯眯地

　　大声叫起来：

"喂！喂！喂！

谁愿意跟我做一笔交易？

给我报酬，

我把全城的耗子带走！"

广场上顿时集满了人，

中间走出来市长和

　　警察局长先生：

"如果老兄真有这个本领，

我们全市将推选你当

本市的荣誉公民！"

"别来这一套！别来这一套！"

花衣吹笛人笑着回答：

"我这个人自小受的教育有限，

养成了喜欢真家伙的坏脾气，

比如说，

三百只鹅，

两百只羊，

五十头牛，

抓到手上我就特别欢喜。"

广场上几千个男女老少

穿着耗子咬剩的衣服，

揣着被耗子掏空的肚子。

耗子公然就在这个会场

　　　钻来钻去，

好像人们进行洽谈的是

　　　别家的事情。

市长、局长这些民意的代表，

眼看着那个年轻人说着说着

　　　就要走开，

于是齐声作出绝望的允诺：

　"请带走耗子吧！

你提的条件

我们全部同意！"

花衣吹笛人说：

"允诺不兑现，

你们要为灾难

　　　付出百倍的利息。

今天我把耗子带走，

明年的今天

在这里，

我来提取报酬！"

花衣吹笛人吹起笛子

　　　走在前边，

率领着耗子大队

　　　像一道河流，

穿过丘陵和原野，

　　　队伍越走越远。

卷起的尘埃和吹笛声

　　　消失在一个深不见底的

没人去过的洞里。

自从那天以后

耗子果然一只也没有留下，

不到几个月，

人们早就修理好

　　破碎的生活。

重新开始爱情，

蛋糕放在桌子上半个月，

硬得像个钉锤，再也没有耗子来光顾。

好日子当然过得比坏日子快，

好日子容易让人记性坏，

全城的人高兴过了头，

忘记了一年易过，

　　明天就要付报酬。

一天不多，一天不少，

一年期限，
花衣吹笛人又笑眯眯
　　来到广场水池边，
他吹出一首好听的摇篮曲，
好听的程度，
使得全城会跑、会走、会爬的孩子们
　　都来到他跟前。
亲热地吻他，
好像他是大家的妈妈。

"喂！尊敬的市长和局长大人，
你们好！
我，就是去年的今天说过
要来提取报酬的人！
想必是，你们可能忘记了我，
可不会忘记我带走的那些耗子？"

广场上除了孩子，没有一个成人，
好像花衣吹笛人走错了另一个城市。
"喂！喂！喂！
我给你们带走了一条灾难的河流，
你们给我的不过是河流中的一杯水，
请把报酬给我，不要小气，
我还要去别的城里办点小事情。"

城市里鸦雀无声，
其实大家都躲在门背后
　　窥探光景，
轻率的允诺包含沉重的分量，
认真兑现可心痛了所有的市民。
最不该的是冷落了一个
　　不该冷落的恩人。

"唉！看起来我该走了，

吹起我的笛子，
让全城的孩子跟我一道。"
花衣吹笛人走在前头，
全城的孩子跟在背后，
随着笛声，孩子们迈着
　　整齐的步伐，
仿佛哪间小学正在郊游。
孩子们走在耗子
　　去年走过的山冈，
太小的婴儿跟在后面爬着免不了
　　跌跌撞撞。
仍然是山那边的深洞，
笛声把孩子的队伍引进
　　看不见的地方。

"给你三百只鹅啦！
给你两百只羊啦！

给你五十头牛啦!

还我的孩子!"

全城都在号啕大哭,

泪水洒在街上像

　　刚下过一场大雨。

二百年前的故事流传至今,

允诺如果不兑现,

恶果就形成倒霉的循环,

只是花衣吹笛人太不公道,

无辜的孩子作抵押

　　实在令人不安。

幸好德国二百年前的故事

　　离我们已经很远,

更何况,

今天我们药房卖的

　　老鼠药已经很灵验。

特别让我安心的是，

我的儿女都已经长得很大，

不会糊里糊涂听人吹起笛子

马上就跑得无影无踪……

…………

1985 年 2 月于北京

墓志铭

墓志铭服务中心启事

人人皆有生，生则劳接生婆、妇产院帮忙出场；人人皆得死，死则有和尚道士、殡仪馆、火葬场料理后事。此为人生之两端是也。两端之间，曲线不短，几长达百年，纵横捭阖，则皆由各人自行料理矣！料理之法，各个不同，且少长牝牡有别，故历代才人盛事佳趣汗牛塞屋，好事者每目不暇给，难见端倪。

太史公忍死含羞穷半世之力为之，亦达千百万言之巨。吾人复穷半世之力将其储存于肉脑中，虽得随存随取之便，然浩繁劳累之状，可以想象矣！

余一生友朋近一师团，冬去春来，

死活参半。余尝于友朋仙逝之后，感而为铭记之，积之半世。发酵成曲或长霉变酸者间而有之，剔之削之，居然成集。余余热尚有惜底气不足，如人欲纵情歌哭，站稳脚步，挺胸亮脖以打嗝终了。余之铭，庶几近之。

昨晚友人来舍小坐，云开发时期，何不设墓志铭中心以售其技？余答曰：大部分改为火葬，碑之不存，铭将焉附？友云：尔不闻"铭刻于心"古语乎？尔之铭促狭易记，远近距离对号入座亦甚方便，放心开发，万户侯有望！

余为友人点化之后，顿觉神清气爽，豁然聪明，一股暖流通向全身，急于箧中捡出旧铭十余条刊列于后，以供中外人士参考。

欢迎驾临本中心进行洽谈。货物实行

三包，价格公道。洽谈室阳光充足，空气新鲜；美丽高级艺术贴墙纸装饰四围；花盆三个，各插有栩栩如生之新鲜塑料君子兰，典雅大方，供中外人士以美的享受；沙发柔软，弹跳力强；接待员保证面露笑容，经久不变，届时当手托西藏牦牛奶茶（加糖）来回服务，以助谈兴。

　　附注：外宾、港澳同胞及华侨请付外汇券。翻译陪同，生意成交后可得回扣。

1985 年 11 月谨启

一、某人

安眠于此

　　风神透脱的先生，

一生完成了两件伟业：

1．脱裤子放屁；
2．穿裤子拉屎。

二、某医生

先生的医道
简直无与伦比，
遗憾的是，
只有一个人没有救活，
那就是他自己。

三、某画家

他的画虽然蹩脚，
但，认识很多首长。

四、某老干部

老干部啊，老干部！
您可碰见了新问题。

五、某工程师

人们常道文化人是
灵魂工程师，
我想，只有我们死了，
才当得起这个名字。

六、某足球守门员

亲爱的
　　前卫、
　　后卫都不要担心，

有我在这里，

别害怕有人射门。

七、某相声演员

诸位同志，

诸位听众，

请原谅我的疏忽，

忘了把"捧哏"的带来。

八、死老虎

你们，别高兴！

设想一下，

如果我一旦爬起来，

你们会怎么办？

九、某演说家

"完了！"

十、某农艺师

一个萝卜一个坑。

十一、老扒手

来此凭吊，
无论哪方客人，
万勿携带名贵物品
　　和现金。

十二、恶人

嘘！嘘！嘘！
脚步请放轻，
呼吸请调匀，
好不容易哄他躺下，
可真累坏了我们。

十三、盗墓者

哥儿们！
别动手！
都是自己人。

献给"黄土地"和那帮小子

不是没有笑的。
　　　　——美国黑人诗人休士

凝固的是黄土高原，
流动的是黄河，
远远地
和苍天连成一片。
像
哲理一样
单纯和抽象。
有谁忘记了什么什么……
从那里可以记起。
有谁失落了什么什么……
从那里能够捡回。

甚至包括

遗忘了祖宗……

黄土地上

年轻八路军坚实的脚步

是为了解放世界！

我那时在山明水秀的南方，

十二岁的脚步只为了解放自己。

翠巧到后来

投靠八路军去了。

我

也有个嫁在乡下的妹妹。

她只是忧郁，

然后静悄悄地死去。

她有没有想到逃跑？

想到流浪他乡的哥哥？

至今我不知道。

那爹，

也像我的爹，

剩下哀叹和祈祷。

我爹也会唱歌，

还会按好听的风琴。

他死得多么凄楚和寂寞。

和所有不幸者的死一样。

那孩子，

那板着脸孔

站在黄河边上唱歌的孩子像谁呢？

他，谁都不像，

却像我们古老孩子们的整体。

谁个人配得上那朴素的形象？

看着他，想着他，

一团蕴藏着热情的火，

无涯的黄土高原般纯真的信任。

"心在树上，你摘就是！"
想着他，看着他，
谁相信人间会有
心计和奸诈？
把灵魂高价出卖给魔鬼？
"镰刀斧头镰头！"
"一尿尿到龙王殿！"

那时有多少值得笑的！
几千年的压迫、仇恨，
共产党让他把笑声留到今天！

唉！
我十六岁也曾打算过，
走什么路能上延安？
如今我
六十岁了，

心灵的脚步

在"黄土地"上蹒跚。

我不禁老泪纵横，

不停地流下又不停地擦干，

鬼知道是因为高兴

还是伤感。

"小子休狂！"

（原谅我引用一句"文革"语言）

你们用荒漠歌颂希望，

用四个角色夸耀伟大的民族，

用古老的歌声唤醒遗忘的情感，

用单纯、静止的河水和土地

使我们面对着它们敞开胸膛呼吸。

你们跟一八七五年那帮印象派小伙子

多么相似，他们
把绘画打扮得
充满阳光。

世界上有的事情并非很容易解释。
陌生的东西即使有益，
有时也不免使人激怒。
印象派绘画就是如此这般，
感谢与觉醒
足足迟到了一百多年。

听说有人不喜欢"黄土地"，
我想这不是敌意
而只是习惯。
请学习春天
耐心地唤醒花草树木吧！
一切善行和愿望

都需要一些时间，

因为这到底不是真在打仗，

无须用吹号的方式

让大家一道集合起床。

1985 年 11 月

1987

崔健

他的歌是四月的风，

扬起树林，

掀起山河的笑颜。

他没法子向人走来，

人也走不到他那边去。

可谁也不遗弃谁。

一个不能少吗？

少了崔健，

一无所有吗？

我们有崔健。

我从哪儿说起？

参商不相见是个不必要的惆怅。

1989

如何培养一个坏人

培养一个坏人要费多少力气？

试着说说看：

要吃多少饭，

这跟大家一样；

还要喝酒，

是的，好人也喝酒。

要结婚，生孩子，

跟我们一样。

还有，嗯，要读书。

对透了，要读书，亏你想得出。

要坐车，坐飞机，

是的，那是要坐的。

嗯！要吃饭。

自然！这你刚才说过了。

那么，没有什么了！

没有了？

真的没有了？

没有了。

岂不是跟培养普通人一个样？

岂不是。

想想看，有没有不一样的没有？

完全一样。

是，完全一样。

真可怕！完全一样！

是可怕。

唉！

唉！

1989 年 7 月 30 日

中年颂

中年是什么？

不是原模原样和自己毫无关系的镜子；

不是原野那棵独木，风来了才活动；

不是靠吹才响的喇叭；

不是拿尾巴表达感情的小狗；

不是只张嘴巴不出声的鱼；

不是忘命奔跑的马；

不是只数脚步的驴；

不是抽泣的风箱；

不是肉酒桶；

不是出卖情欲的公猪；

……

中年，

一张半新不旧、

迎接风暴和朗日的船帆。

一条宽阔河流的中段；

一块怜悯和容纳的草原；

一双走过远路没破的合脚布鞋；

唉！

其实，中年

就是饱经风霜的成熟。

                        1989 年 9 月 16 日 广州

1991

"莲花说，我在水上漂荡"

——悼念保罗·安格尔

心里点一盏荷灯，

放在故乡沱水的河面。

冉冉的光。

洞庭湖、

长江、

大海，

到彼岸亚美利加去吧！

因为安格尔死了。

静静地、耐心地

停在岸旁，

让聂华苓把你捡起，

把你奉献在安格尔

的墓前。

"我在水上漂荡"
真像十几年前
安格尔给我的诗句,
再不能回到故乡。
猫头鹰飞走了,
闭上了双眼,
血代替了眼泪。

亲爱的安格尔!
看看这朵漂荡的莲花,
伤心的莲花,
回应了你的识言的诗句。
有一天,或是明天,
我会再画一幅莲花和
猫头鹰送给聂华苓和
安格尔,
像古人在他朋友的墓前

挂剑一样，

这将是一场快乐，

并且有女儿们跳舞。

爱情和友谊

不是挂在口边的唇红，

和诗的使命一样，一说就俗。

安格尔！安格尔啊！

你善良的心愿

什么时候能完成呢！

1991 年 3 月 28 日于香港

杀人的风尚

九一八，九一八，
杀人的历史，流血的历史。
九一八以前许多许多年，
九一八以后许多许多年，
还有没有杀人的历史呢？
一部厚厚的苦难的
中国人的历史，
一道血流不尽的死亡阶梯。

虽然有时候
凶手是东洋鬼子和西洋鬼子，
有时是
自己的骨肉兄弟。

历史呀历史，

鲜血书就的几千年前和昨天。

中国人那么悲苦，十二个月都有祭奠。

人死了，

亿万无言的冤魂，

谁会计较用的是进口凶器还是国产凶器？

1991 年 9 月 18 日前夕

1992

—

2006

我的心，只有我的心

我画画，
让人民高兴，
用诗射击和讴歌，
用肩膀承受苦难，
用双脚走遍江湖，
用双手拥抱朋友，
用两眼嘲笑和表示爱情，
用两耳谛听世界的声音。
我的血是 O 型，
谁要拿去，它对谁都合适。
我的心，只有我的心，
亲爱的故乡，
她是你的。

路

近的、远的路，
面前的和遥远的路，
一辈子走不完的路，
稔熟和陌生的路，
繁花和荆棘编成的路，
宽坦和崎岖的路……
鸟，在天上，
管什么人踩出的意义！

老头还乡

杜鹃啼在远山的雨里，
墙外石板路响着屐声，
万里外回到自己幽暗小屋，
杏花香味跟着从窗格进来。
刚坐下就想着几时还再来？
理一理残鬓，
七十多岁的人回到老屋，
总以为自己还小……

清明节

流浪时，
眼泪已经干涸，
从羞涩的行囊
掏出仅余的笑，
儿子老了，
只能遥望高山上父母的坟。
刺莓花白得像遍山幡帜，
杜鹃啼在绿色的浓茶中，
唯愿不是梦，
以免一朝醒来。

东岭迎晖

麻阳有座西望山，隔天只隔三丈三，
凤凰有座八角楼，一竿杵到天里头。

什么时候
那座八角楼飞走了？
像黄鹤不再回来。
山，继承了八角楼的名字。
高高的山，
密密的树林，
太阳和月亮从这里升起。
以前，失掉了东西，老人就说：
"八角楼了！"
无法回答的问题，老人就说：
"你问八角楼去！"

八角楼几时再回来呢?

还它"东岭迎晖"的诗意。

我问你啦!

亲爱的故乡人,

难道你让我

　"问八角楼去?!"

兰径樵歌

山上的采樵人

唱什么歌?

高兴? 还是难过?

哪有采樵人忘了斧子?

南柯梦醒, 才发现斧子留在家里。

还是,

一觉醒来, 把斧子留在梦中?

你呀你,

像作家忘记了主题,

情人失去情人,

猎人跑丢了狗,

老人怀念不再的童年……

没有斧子的采樵人，

只好在山中唱歌了！

奇峰挺秀

没有峰了，只剩背后一棵老树，
还作什么秀？
一阵风，
把追忆一齐带走。
可以克隆一只羊、一只老鼠，
办不到
克隆一对亲生父母和
一角美好的风景，
一段难忘的历史。

龙潭渔火

忘了今夜的星斗。

那么晚

谁和谁

在小船上亮着火把？

河面上撒什么东西？

又捡什么东西？

搞得满河灿烂颜色和光亮。

简直像美国疯子画家

波洛克来到凤凰

把沱江当成他的画布。

三更时分

远远的江上

剩下几粒萧疏火影。

南华叠翠

山啦山，

绿得那么啰嗦，

绿得那么重复，

绿得喘不过气，

绿得让人

像喝醉了酒

个个倒在你的怀里；

绿得那么温暖，

让外乡人

个个把你当成故乡；

绿得让漂流在外的故乡子弟，

再老，也要爬回你的身旁。

山寺晨钟

书，你的森林，
森林，你的书，
一步步地上山
到森林去，
一页页地翻到
书的深处。
你走半山闻到钟声，
你一页页接近悟禅。
于是
满天星斗，
在你两个森林的上空。

梵阁回涛

几座山影叠在一起，
让路过的鸬鹚船搅了。
说人生缘分也是如此，
不知是自己
搅乱了山的影子？
不知是别人
搅出江面一片波纹？
天亮之前，
远远地，
波涛回来了，
梵阁微微震动了。

溪桥夜月

朗月下之梦

是从云里跋涉来的。

夜，唱起清凉的情歌，

在每一道山脉浮动。

虹桥上，繁灯亮了，

酒船上，繁灯也亮了，

于是，

沱江开始编织她彩虹的嫁妆。

归乡赋词

　　老鹤归来，灰褪残红，越遍激湍。幸旧巢仍在，桐花历历，古椿如昔，孺子翩翩。芳草连天，新蕾惹瓦，何处深山不杜鹃？长亭外，有苗炊冉冉，细雨川前。

　　楚些才到唇边，且收拾断肠背人看，纵倏忽凿窍、涝淘心音，涂龟曳尾，粗得平安。崖上蜗居，嗟来回旋，一笑窗开赏晴妍。小道场，这人间路窄，乡酒杯宽。

1995 年归乡，筑小屋于崖上作

338

题虹桥

凤凰重镇，仰前贤妙想，架霓虹横江左右，坐览烟霞，拍遍栏杆，神随帝子云梦去。

五簟男儿，拥后生豪情，投烈火涅槃飞腾，等闲恩怨，笑抚简册，乐奏傩骚雾山来。

今宵皓月，谁在回龙潭上，华灯楼船，彩影荡漾，弦歌映山山映水。

照眼春阳，廊桥正午十分，醉客雅旅，游侠高僧，靓景如梦梦如诗。

2000 年作虹桥两头的对联

回忆

像一片粘在书上的胶纸，
一揭，
那边是我的儿时，
这边是我的暮年。
那么牢牢地紧贴，又
　　那么轻轻地分开。
刹那间，一掠而过的，
　　八十个冬天。
剩下的斑驳痕迹，
我的珍宝，
别人的漠然。

自画像

恨得咬牙切齿，
没牙的老头只好喝汤。
弄一副没脑子的假牙撑门面，
谈不上爱和恨。

人叫头发做烦恼丝，
八十年的年纪
几乎是光了头皮，
且留给少男少女们烦恼去吧！

左邻养了只沙皮狗，
右舍养了只斑点狗，
我脸上的褶皱和老人斑啊！
早早晚晚出门散步都很为难。

烟花

除夕晚上
天空像座花园，
开满七彩
    会响的花。
一朵朵升起，又
一朵朵不见。

"爷爷，它们到哪里去了？"
"变星星去了。"
"那么多星星，他们是谁？"
"是诗人。是屈原，杜甫，是曹植，
    是李义山……"
"远远的星星呢？"
"是外国诗人。"

"那草上飞着的萤火虫是谁？"

"是变不成星星的诗人

　　在找回家的路咧！"

哭吧！森林！

哭吧！森林！

该哭的时候才哭！

不过，你已经没有眼泪。

只剩下根的树不再活，

所以，今天的黄土是森林的过去；

毁了森林再夏禹治水何用？

更遥远的过去还有恐龙啊！

今天，给未来的孩子只留下灰烬吗？

孩子终有一天

不知道树是什么，

他们呼吸干风！

树，未来的传说。

那一天，

如果还有一种生命叫做孩子的话……

1999 年 1 月 4 日夜于香港

像文化那样忧伤

——献给邵洵美先生

下雨的石板路上，

谁踩碎一只蝴蝶？

再也捡拾不起的斑斓……

生命的残渣紧咬我的心。

告诉我，

那狠心的脚走在哪里了？

……

不敢想

　　　另一只在家等它的蝴蝶……

你们俩

你在岸这边，
她在岸那边；
你在塔这边，
她在吊脚楼那边。
你们俩喊一声，
两个人都听得见。
你看见她和吊脚楼的倒影，
他看见你和塔的倒影。
倒影是一条荡漾的霓虹，
你们各站在虹彩上边。

哀悼等待

柜子上一个好看的梨，
没人理会或是被人遗忘，
它慢慢枯萎死去，
连被人一口一口吃掉的机会都没有。
堪嗟的，
希冀被吃去的等待啊！

答客问

大雨缝里钻过来，
没有湿。
绞肉机中走出个完整的我。
十亿人的眼泪没给淹死。
泥巴底蹦出个出土文物。
人活着，可惜不再年轻。
看你双鬓的秋色，
我怎能不老呢？

警告游客

如果街上有个妹崽，
　　看你一眼，或是
　　　　对你笑一笑，
你千万不要妄想
　　她在爱你，
这只是一种礼貌，
要小心，
她哥哥很可能是个
　　阉猪的。

凤凰和凤凰人

看凤凰人的眼睛，

你明白什么是忠诚；

看凤凰人的身段，

你懂得什么叫辛劳；

看凤凰人的脚，

你知道什么叫千山万水；

看凤凰人的手，

你清楚什么叫灵巧；

看凤凰人的头发顶起了帽子，

狗日的！

你不跑更待何时？

吕荧

漫长的黑夜，
几十年枕上
　　睁大眼睛想念你，
脸上刻下数不清想念的年轮。
伤痛像树，
干越长越大，根越长越深……
活活的折磨，
　　让你慢慢地死；
知识越多，
　　让你死得越有嚼头。
　　让你死得孤独，死得遥远……
你研究美学，
却死在丑里。

孩子，你们知不知道，

谁是吕荧?

读历史去吧!

鲜春三月

清清楚楚俯览故乡的，
有线的叫风筝，
没线的叫鸟。
鸟飞在故乡天上，
息在树上；
风筝飞在故乡天上，
息在少年人手上。
曾经
饥饿的故乡人打尽了鸟，
放风筝的人远走他乡。
鸟不再鸟了！
风筝不再风筝了！
于是
好多好多苦命的晴天和雨天……

……

今天，窗外风筝们又冉冉上升，

鸟在天上嘤嘤叫着，

孩子们却以为世界从来是如此的……

狗

狗,
人怎能随便呵斥呢?
诚实地瞧着你的眼睛,
笑着的嘴,
摇着的尾巴。

怎可以说,
人摇尾巴像狗?
奴性的人岂能和狗相比,
真诚的信任只有狗有。

有爱心才能养狗,
别因为人出卖过你就
丧失信心,

它才不渗入你肮脏的社会。

它永远守护你，

紧贴着，

不管是顺境或逆境。

月

说是月有阴晴圆缺，
它圆它的，缺它的，
却总是
冷冷地欣赏人的
　　　悲欢离合。
既不伤害
也不同情，
永远地无动于衷。
人许愿、祈求、寄托，
向着它寒冰的脸。
它美，是因为
　　　自古以来的漠然。
人匍匐于无垠的清晖之下……

想起来了，

它多像我年少时熟读过的

女孩的眼睛……

老糊涂

幸好我穷，
少年时的灿烂才留到今天。
幸好我是凤凰人，
受到欺侮才不在乎。
一万个韩信的胯下之辱看到
真理，而真理
是不加修饰的。
所以有时
我用微笑来表达憎恨。
我屈着无恙的十根手指
细数几十年的风波。
老了，
常常错把明天当作前天，
你说好不好笑？

照片

一只秃鹰，

守着一个饿僵的、失掉父母的幼儿。

守着他，

不是唱摇篮曲，

是等他死。一盘午餐。

谁的孩子？

你的？他的？我的？

他远在太阳下的非洲。

不知道，今天

他长大成为勇士了，

或，

进了秃鹰的肚子。

死就死，"走"什么？

朋友死了，

开始有人优雅地说：

"他走了！"

"死"字令人难受，

"走"字用得越来越顺口。

向朋友送别说：

　　　"你慢慢走吧！"

教孩子学步说：

　　　"乖乖慢慢走呀！"

妻子在街上关照丈夫：

　　　"走得那么快，干吗不等我？"

对长辈说:

　　"老人家, 你走好!"

有朝一日, 人听到"走"字会生气的。

我的梧桐

在薄暮抚摸我的梧桐，
高高树梢洒满夕阳。
和你长久的、遥远的分别。
我的衰老跟不上你的成熟。
你是我栽的梧桐，
就在老家的墙边。
你是树，只有思想，只有记忆，
　　却不能移动，不能说话。
看着栽过你的我站在跟前，大家
默默地，静悄悄地……
一秒一秒地数着过去的时间……

右派

你可以说一个右派的人

　　可以说一首右派的诗，

你永远不能说那是一条右派的河流，

　　　　　　一座右派的森林，

　　　　　　一个右派的晴天。

你当然没胆子说

　　　　　　右派的人民，

　　　　　　右派的祖国，

　　　　　　右派的稻谷。

你有权指着镜子对自己说：

　　　　"畜生！！！"

老就老吧!

不要摆谱啦!

老就老吧!

人老,心是活的,

能看,能听,

能呼吸,能爱,

能吸收一切。

那些水和山,

　　　树、空气、阳光,那一切

仍然都是你的。

别让势位所误,

写诗的,老了就瞎写,

画画的,老了就瞎画,

搞政治的,老了就瞎说,

以为,老了,

哼一声都是价值。
人在背后议论你，
你越庄严，就越滑稽，
一天到晚在医院里泡，
补药弄得满箱满柜，
边作报告边喘气，
内容就像旧报纸。

其实，你并不老，
让我考考你，
知不知道
　　北京有个图书馆，
那儿是你开窍的新垦地。

猫走了，笑声还留在墙头

（阿丽丝漫游奇境记）

我爱祖国，

　　爱人民，

　　爱故乡，

不包括

　　打我的，

　　　抢我的，

　　　　陷害我的那些混蛋！

我可怜他们，

　　饶恕他们，

但是

　　不爱！

创造他的土壤，

　　已经刨掉，

但他还活着，

生儿养女，沐浴阳光，

甚至走起路来摇摇摆摆，

大声地说：

"老兄，看看！

能把我怎么样？"

"猫走了，笑声还留在墙头。"

悲伤墙

记得古书上曾经说过，
有个以色列有一块"悲伤墙"，
出征的战士永不回来，
孤儿寡母就趴在那儿痛哭一场。

那是一种聪明的设想，
让破碎的心有个落脚的地方。

我们没有"悲伤墙"，
家里如果出了什么事，
简直，简直没有地方好去……

生气

生气，生气，
谁在生气？
是人民在生气？还是
领导在生气？或是
人民和领导一起在生气？

一个国家，
　　　怕的是
人民和领导各生各的气。

出现汉奸卖国贼，
大家一齐生气。
发觉了社会蛀虫，
大家一齐生气。

我们不祈祷人民生领导的气，
如果有，
唯愿这时间越短越好。

朋友和朋友，
　　　有时也生气，
有的一刀两断，
　　　从此绝交，
有的，
　　　三杯下肚，
　　　当场就好！

总之，
最好不生气，这东西
既费时间又劳神，
耍起横来，
　　　爹娘都不认。

强者开门

嘴唇上忽然发现
　　　隐约的
　　　　　像是胡子的东西。
动不动就想起妈妈，
说不定碰上什么不称心
　　　还会大哭一场。
今天买的鞋子
穿得一天比一天紧，
刚弄丢衣服上的扣子，
一转身又
　　　打翻桌子上的花瓶。
对一切都有兴趣，
　　　吃得热烈，
　　　睡得彻底，

玩得欢腾，
专注得像个傻子，
欢笑发出雷鸣。
这一切，
　　都还是孩提的过渡，
谁都明白，
历史的强者，
我，正打开大门。

大学生恋歌

用漫长的时间

　　遥远的道路来考验，

在我们还比较陌生的

　　叫做"爱"的东西。

怎么说好呢？

笑一笑吧！

红着脸拉拉手吧！

我就要离开了，

远远地走了。

我装上飞翔的翅膀，

从自己的跑道上起飞了，

用我刚变了嗓子的引擎

　　高唱着飞上晴空。

诗

诗，不是情感和语汇
　　甚至音符的账单，
诗的琴弦
先拨动自己，
再让别人听见。
人说诗人是
　　黎明的公鸡，
人没有说
　　诗人是动过手术的阉鸡，
更不是房顶上转个不停的
　　风向鸡。
诗，仿佛是"谁"在请你
唱一首"谁"也没想过的，
聪明的、勇敢的、好听的歌。

理想多美丽

住牛棚的时候，

几只麻雀常在窗口玩，

我想变只麻雀，

不行，

老鹰要吃它。

那，变只老鹰吧！

不行，

猎人要打它。

那么变猎人吧！

不行，

支书管着他，

那，变支书吧！

唉！造反派要斗他。

唉！别变了，

老老实实呆在牛棚，

早请示，晚汇报吧！

欢迎，干一杯污染水！

欢迎！！

干一杯污染水。欢迎！一齐来扼杀自然！

山脉、森林是可以扼杀的。

河流和天空

　　　也是可以扼杀的。

从古到今

人只晓得

　　　大屠杀出英雄，

不明白

愚蠢的扩大会扼杀自己。

人开心到了愚蠢的程度。

切了左脚再切右脚，

切了左手再切右手，

是不是准备开辟一个奄奄一息的

寸草不生的新时代！
富有换来了死亡，
知识换来了退化，
人哪，你今天才明白，
未开发的地方最纯洁，
　　　最先进。

一张想哭的笑脸（老诗人的家事）

好好在天上，
你下凡干什么？
看！
迷路了吧！

明明是糖，
你想变盐？

像一枚海滩上
　　望天的贝壳，
一只掉在水里的猫，
一张想哭的笑脸，
孤独得莫名其妙，
充实得非常空虚。

在颐和园见到个女孩子

你很漂亮，

可能自己不知道。

你很潇洒，

是在工厂里练的吧？

干吗你一个人到颐和园来？

没带水壶，

口干了怎么办？

你口袋里有钱，

我知道你不会乱花。

你一个人在谐趣园

　　　逛来逛去，踢里踏啦，

穿一套沾满油灰的工作服，

手里拿着一根柳树枝。

你才十六十七吧？

那么心不在焉。

你那副样子，

没有男孩子敢惹你。

我多么想跟你说话，我也不敢。

因为我也有个跟你一样大的女儿，

她在很远很远的地方……

忆往日

子弹飞进胸膛，
来不及痛，
长久长久地
痛死了父母……

子弹飞进胸膛，
一点不贵，
才三角六分钱，
任何父母却承受不起……

感恩井

人面不知何处去?
往事都从夜半来。
温暖的援手,
慈爱的音容,
再也追不回的时光。
既然,
故乡处处都有甘泉,
长幽兰的地方,
　　　掘一口井泉吧!

让感恩的人在那里坐坐,
掬饮一小竹筒甘泉,
摘下井边的嫩草打一个情结
　　　投入井内,

默祷自己珍藏的

　　一百个人的名字。

选择

没有选择就没有爱，
上帝把夏娃许配给亚当，
爱，是毒蛇指引，
亚当和夏娃觉醒在伊甸园外。

封建的父母之命，
　　媒人的巧舌，
断送千百年少男少女的爱情，
啊，我们天上的上帝和
　　人间的上帝，
今天你在哪里？

没有比较就没有美，
蒙住你的眼睛告诉你

什么是美，

你信吗？

你曾经敢不信吗？

这一天你已经挣脱蒙蔽，

相信自己？

还是相信别人？

你就一个人玩去吧！

守法没犯法好玩，

　　　——自重没讨好好玩，

老实没放荡好玩，

打球没打人好玩，

　　　——放羊没放火好玩，

谈天没造谣好玩，

　　　——真诚没欺骗好玩。

安静没吵闹好玩，

写信没告密好玩，

所以，

有一天全世界都没了，

你就一个人玩去吧！

别说穿

上帝让人
用爱的方式解决人的繁殖。
嘘！别说穿，
说穿就不美了。

山的坍方造成雄伟，
花的发情出现美丽，
嘘！别说穿，
说穿就俗了。

历史是用血写的，
嘘！别说穿，
说穿就一点意思也没有了。

体系断层

——赠黄裳兄

不管你承认不承认，
你从小就在建立
　　情感体系、
　　物质体系和
　　学术体系，
口袋里
让妈妈翻出来的
　　小石头和瓦片，跟
长大以后收藏的
古书和古董，
　　经历的得失和喜愁
有什么分别？

童年的妈妈，

少年的同学，

青年的情人、战友，

中年共患难的相知，

老年所有过去的人影

　　是你的伤痛……

一个人在书房里，

一片纸，

被蠹鱼咬蚀的书，

七十年前几封女朋友的信和

　　一小把剪下的头发，

六十年前忘了兑现的稿费单和

　　没敢发表的旧稿，

五十年前几卷脸红的交代和

　　检查，

四十年，三十年，二十年，

被恐怖地抄家和
　　冷酷地发还。
于是老了，
不管是清醒还是紊乱，
换来温暖的迷茫……

烟斗

这辈子
吻谁都没有吻你多，
每天起码一千次，
一种冒火的冷吻。

冷的吻，
那时代，
唉！情感的贫困，
　　配给温饱，
　　配给笑
　　配给爱，还要
　　驼背弯腰挂块牌。

今天，好心的傻瓜劝我，为了健康，

离弃烟斗，
　　　离弃共患难的
糟糠之斗？

擦燃一根火柴，
吻出一百个构思，
灯前或蓝天之下，有绿茵铺地……
背负我这
八十岁的古典觉悟，
收拾起浑身大好河山。

我咬着烟斗问人：
　"烟斗哪儿去了？
刚才还看见它！"

忍受忌妒

忌妒你，恨你，
冤不冤在他，不在你。
他是你的比翼鸟、
　　　你的连理枝，
是孙悟空之于猪八戒，
亦步亦趋你的影子。
厚积薄发，窥伺机会，
躲不了，也逃不掉，
　　　像人盯人的足球关系。
无声息，吸血的蚂蟥，
　　　紧贴你的腿肚子。
你活着，就是他恨你的理由。
你活着，他不恨你恨谁？

怎么办?

欣赏就是。

自由晴空

有一种东西可以选择，
自由晴空，跟
禁锢身体、
　　思想，都没有关系。
超越一切，
便是伊索，
便是司马迁。
所以
牢狼为自由哀号……
跪下，
向两千多年前的东方和西方的
　　残缺的智慧礼拜！

老哑巴

我问朱家溍：
你现在在跟谁聊天？
"没有了，没有了，
'专题'的朋友都死了，
我成了老哑巴。"
后来，朱家溍也死了，
这个世界，
还剩多少老哑巴？
埋了多少"专题"？

抹掉圆点真不易

尼古拉二世也碰到麻烦了，
　　把政权交给弟弟米哈伊尔。
这形势像惊叹号底下
　　那一粒圆点。
慈禧惊叹号底下的一粒是袁世凯，
孙中山惊叹号底下的一粒是蒋介石，
毛泽东惊叹号底下的一粒是林彪。
百年历史，就是粒不太好笑的惊叹号和
　　底下的那一点。
这一粒，没辙的苦米，
　　无望的稻草；
老百姓就扒伏在那一粒上过日子，
呼吸和讨食。

这百年是怎么搞的？

弄成这个样子。

活到今天，

抹掉那一粒小圆点真不易！

回梦

梦，让我泪流满面，
可曾知梦的尽头是醒？
如果梦可以切成碎块，
撒出漫天繁星，
你在梦中做梦吗？
"醒来"有翅膀的轻盈，
细心在涧边洗我的梦，
以便醒来亭亭。

读刘焕章雕塑

世界第一件雕塑作品是亚当，
人间的雕塑家得到耶和华的真传。

雕塑的诗，
诗的雕塑。
没见过那么沉重的轻盈，
没见过那么坚硬的温柔；
无声的愤怒伴着呼号，
不尽的离别和重逢；
希望的眼睛永不闭合，
爱情的拥抱永不分开。
固定了历史的瞬间，
老的，一直老下去，
善的，永远善良，

美的，和人心连成一条线。
人不再理会那些忧郁的岁月，
世界上将有越来越多的
雕塑的欢欣！

贺笔记成书

偷得前人两句，成诗一首

踏遍青山人未老，
搜尽奇峰打草稿。
脚底老茧破复生，
篓底笔记几十斤。

2007

在凤凰欢迎洛夫

吴启雄告诉我，

洛夫到凤凰来了，

我问：

是哪个洛夫？

我有很多名叫"洛夫"的朋友，

赶骡子的骡夫？

打锣的锣夫？

胆小的懦夫？

启雄说：

写诗的洛夫。

当然，

世上叫洛夫的很多，

写诗的洛夫只有一个。

洛夫在天的那边，

在海的那边，在三千里外的那边，

怎么会到凤凰来？

他是我的老朋友，

虽然我们没见过面，

我熟悉他，

即使迎面而来却不认识。

欢迎你，比我小的老洛夫！

一个八十五岁的老头提着半瓶子诗醋

　　　欢迎你！

代表我们的风景欢迎你，

代表我们的良心欢迎你，

代表我们历史的苦难欢迎你，

代表我们今天的阳光欢迎你。

二千三百多年前，

你的同行屈原在我们这里"下放"

　　　足足住了十二年。

留下他的《招魂》《离骚》《山鬼》

在"两汊河""鸟巢河""豹子洞"……

那些地方是诗的摇篮。

两千多年之后，

屈原不在了，走了，

我们年年划船都捞不到他。

你这个八十岁的老木头疙瘩，

漂到凤凰来找他简直是徒劳心机：

知不知道？你走得比唐三藏还远。

那么，你来干什么呢？

寻觅什么呢？水？盐？面包还是土地？

要知道，

漂木是没有根的啊！

你像个游方和尚，

像一具无定向风筝，

像一张失掉自己的影子。

明天，你又会远远地飘荡。

行囊里，将带走什么呢？

满满一背箩孩子的笑容？

还是一片万斤重的秋天的黄叶？

2009

笑

别人放屁才笑，

看到有人装模作样才笑，

镜子打破了

　　碎成三百六十五块笑脸，

你笑着说累，

笑着说哭，

笑着跋涉，

笑着回忆，

有时，你仰天大笑，

挖个洞，把笑埋进土里，

到春天，种子发芽，

长成一棵大树，

像座高高的钟楼，

风来了，

满树都响着

哈！哈！哈！哈！

2010

山谷幽兰

一枝明洁的幽兰，
一枝芳香的幽兰，
认识你是因为
我们来自同一个故乡。

在悬崖上，
在幽谷底，
苦涩和孤寂，
那里，
几曾见过沃土？

那些风霜，那些雷霆，
那些秋雨的忧烦，
那些漫长的绝望和希望的途程。

......

......

你纤弱影子背后，

山里的意志

是天下苦女活的理由！

2010 年 7 月

2011

你是谁?

——献给巴金先生

你是谁? 从哪里来? 到哪里去?

你是战士? 还是刚出狱的囚徒?

是医生? 还是病人?

是神父? 还是信徒?

是作曲家? 乐队指挥? 还是嘹亮的歌者?

是牧人? 还是羊?

是摆渡者? 还是河?

是远游人? 还是他背上的包袱?

是今天的熊猫? 还是十几万年前的恐龙化石?

你带领过无数学龄前儿童走向黎明,

你是个被咬掉奶头, 扪着胸痛的孩子他妈,

你永远在弯腰耕耘而不是弯腰乞食,

你是沉默忍受煎熬的"拉(奥)孔"

从不叫出声音，

谁都认识你是"巴金"，

你大声喊出："我是人！"

2011 年 10 月 12 日

于万荷堂

2016

一个人在家里

我
一个人喝着寂寞的汤水，
斜着眼睛
　　看电视里
　　　医生说话：
　"多喝开水
　　看健康节目，
　　　　对人有好处。"
所有老朋友都死了
只剩下我一个人，
因为我最听医生的话。
以前，
聪明年轻的妈妈提醒孩子：
　"你以为自己还小，你都三岁了！"

聪明的医生也提醒我：

"你以为自己还小，你都九十五了！"

我，我惹了谁啦？

我老不老干谁什么事啦？

"老"又不是我发明的。

"老"又不是我街上捡的。

（我从小捡到东西都交警察）

我很少街上瞎走，

一个人在家里，

跟许多猫一起。

2016 年 11 月 18 日于太阳城

2017

一个老人的思念

你是科学家，
却神话般消逝。
连天的秋雨，
像我们的悲伤。
想念你时，
便望望雨后的彩虹，
你的温婉，
你的灿烂。

2017 年 7 月 12 日

九三老人黄永玉

2018

无题

谁在我儿时的
　　　大街小巷流连?
　　　几几乎,几几乎,
忘记了归路。

为你双脚踏遍
　　　一尊跳岩,
白色的倒影
　　　荡漾着
　　　　　永恒的笑靥
　　　流向洞庭。

是天上哪家门没关好

又让丫头跑出来了！

戊戌深秋
黄永玉
九十五岁于北京

世上真有那群人、那个人

在故宫
很抽象
干活的男女老少
个个都是单霁翔

在故宫
很具体
走遍九千多座房屋
一千二百多座建筑
每天沿宫墙是一圈
踩破二十双布鞋
这个单霁翔
算个不小的官

管一座大得不得了的
　　宫殿

你说说看
好玩不好玩
要不要
你来试试

荣幸地今天给你颁奖
算是一种缘分

九十五岁老拙

黄永玉

戊戌冬日书于顺义太阳城

435

非梦

不敢告诉家人昨晚我哭过

半夜躺在床上看手机，
一个乡下孩子掉进深坑里去了。
五个多小时他叫着："妈妈我怕！"
二十个小时之后他死了。
我，一个九十五岁的老头哭湿了枕头。
"孩子别怕！
老爷爷快来陪你了！"
另外那个世界，
没有"怕"这个东西！

2019

活着的世界

活着的世界，
永不该忘记是
妈妈和医生。
妈妈生下孩子，
医生从万般苦难中挽救"孩子"们：
　　　让他们
　　　　　死里逃生。
现在是如何巩固这"善"的
　　　　深度的感谢之情。

621 病房　九十六岁书于协和医院

2019 年 4 月 19 日

2020

感事

且随绿梦卧船艚，
井坎苔痕觅故交，
锡杖百年千户事，
一声黄鸟过虹桥。

庚子春正
黄永玉于京华京郊太阳城
时年九十有六

众里寻她千百度

电视里
今天看到朱明瑛。
这几十年你到哪里去了?
这几十年我到哪里去了?

你以前是个瘦子,
几十年后有点胖。
和几十年前一样,
　　不难看,
　　也不特别好看。

你说你唱歌是个半调子,
跳舞也是个半调子,
九蒸九晒,

两个半调子，
熬成一个历史的
伟大的胸怀。

我清楚，这里蕴藏多少辛酸。

世界原就是厚重的岩石垒成，
这岩石又名诚实。

九十七岁书于 2020 年
圣诞后一日

442

2021

春

春天来了，
大树小树开始长芽
幸好它们不笑，
要不然
白天晚上吵死了。

2021 年 8 月 31 日

扫描二维码

听黄永玉先生读诗

崔健（P310）

老头还乡（P326）

烟花（P342）

图书在版编目（CIP）数据

见笑集 / 黄永玉著. -- 北京：作家出版社，2021.11
ISBN 978-7-5212-1519-9

Ⅰ. ①见… Ⅱ. ①黄… Ⅲ. ①诗集－中国－当代 Ⅳ. ①I227

中国版本图书馆CIP数据核字（2021）第185782号

见笑集

作　　者：黄永玉
责任编辑：姬小琴
装帧设计：瞿中华
出版发行：作家出版社有限公司
社　　址：北京农展馆南里 10 号　　邮　编：100125
电话传真：86-10-65067186（发行中心及邮购部）
　　　　　86-10-65004079（总编室）
E-mail：zuojia@zuojia.net.cn
http://www.zuojiachubanshe.com
印　　刷：北京地大彩印有限公司
成品尺寸：105×155
字　　数：108 千
印　　张：7.5
印　　数：1—6000
版　　次：2021 年 11 月第 1 版
印　　次：2021 年 11 月第 1 次印刷
ISBN 978-7-5212-1519-9
定　　价：88.00 元